“十二五”国家重点图书出版规划项目

中国近现代稀见史料丛刊【第二辑】

爱日精庐文稿

张剑 徐雁平 彭国忠 主编

张金吾 著

郑永晓 整理

凤凰出版社

图书在版编目（CIP）数据

爱日精庐文稿 / 张金吾著 ; 郑永晓整理. -- 南京 : 凤凰出版社, 2015.5
（中国近现代稀见史料丛刊. 第2辑）
ISBN 978-7-5506-2124-4

Ⅰ. ①爱… Ⅱ. ①张… ②郑… Ⅲ. ①张金吾（1787～1829）—文集 Ⅳ. ①Z426

中国版本图书馆CIP数据核字(2015)第050648号

书　　名	爱日精庐文稿
著　　者	张金吾 著 郑永晓 整理
责任编辑	张永堃
出版发行	凤凰出版传媒股份有限公司 凤凰出版社(原江苏古籍出版社) 发行部电话025-83223462
出版社地址	南京市中央路165号,邮编:210009
出版社网址	http://www.fhcbs.com
经　　销	凤凰出版传媒股份有限公司
照　　排	南京凯建图文制作有限公司
印　　刷	江苏凤凰扬州鑫华印刷有限公司 扬州市江阳工业园蜀岗西路9号,邮编:225008
开　　本	880×1230毫米　1/32
印　　张	5.375
字　　数	140千字
版　　次	2015年5月第1版　2015年5月第1次印刷
标准书号	ISBN 978-7-5506-2124-4
定　　价	25.00元

(本书凡印装错误可向承印厂调换,电话:0514-85868858)

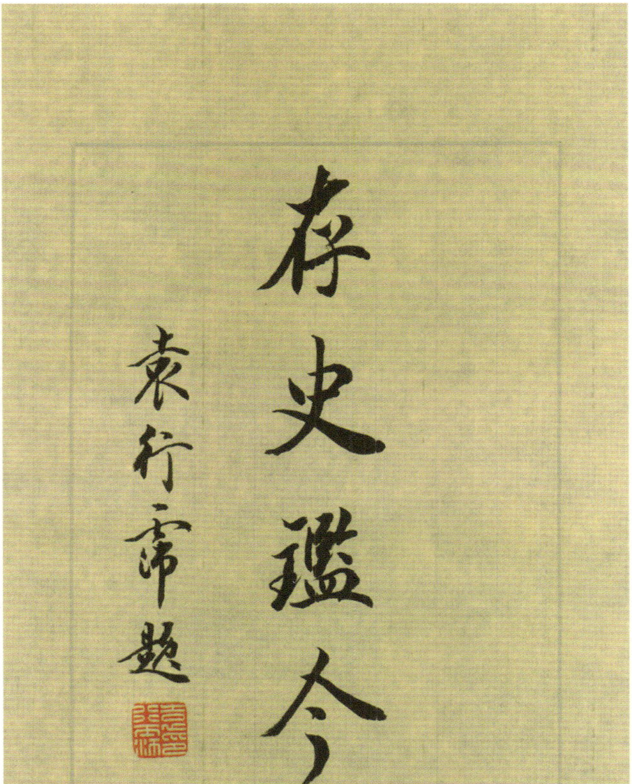

袁行霈先生题辞

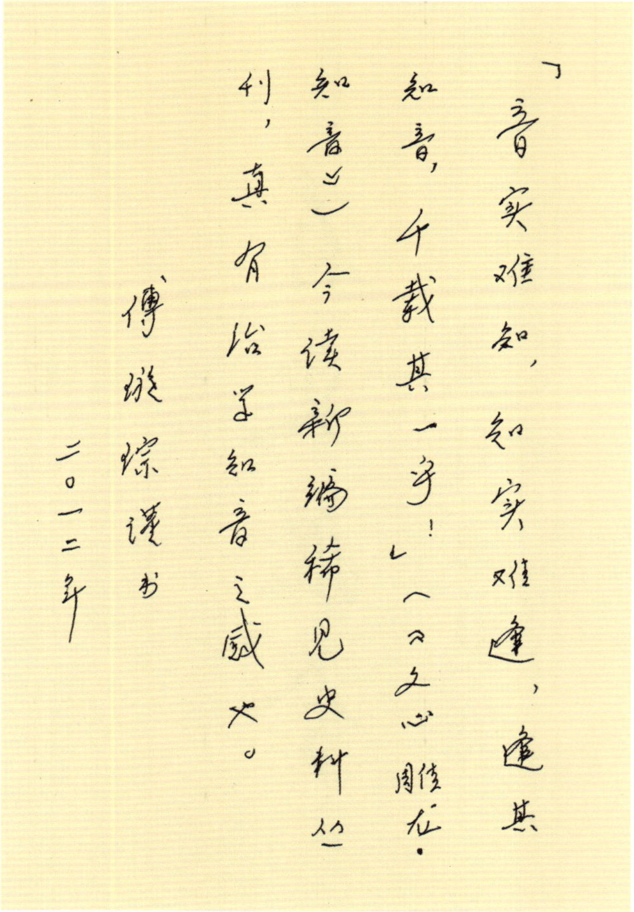

「音实难知，知实难逢，逢其知音，千载其一乎！」（《文心雕龙·知音》）今读新编稀见史料丛刊，真有治学知音之感矣。

傅璇琮谨书

二〇一二年

傅璇琮先生题辞

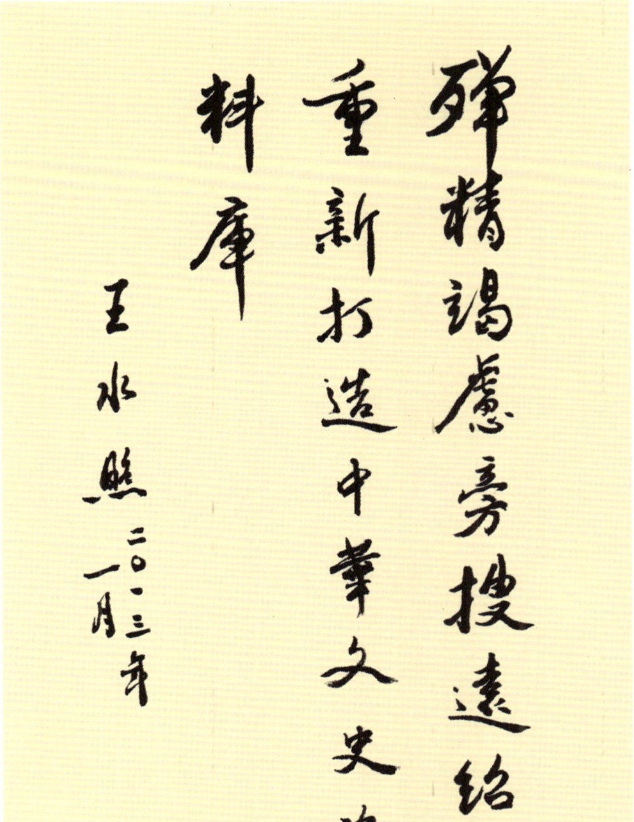

王水照先生题辞

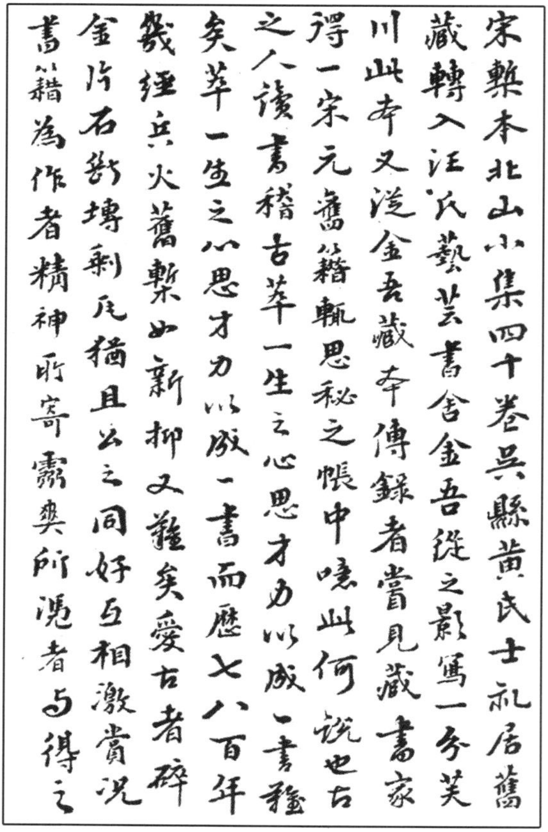
宋槧本北山小集四十卷吳縣黃氏士禮居舊藏轉入汪氏藝芸書舍金吾從之影寫一分芙川此本又從金吾藏本傳錄者嘗見藏書家得一宋元舊籍輒思秘之帳中噫此何說也古之人讀書稽古萃一生之心思才力以成一書難矣萃一生之心思才力以成一書而歷七八百年幾經兵火舊槧如新抑又難矣愛古者碎金片石斷塼剩瓦猶且寶之同好互相激賞況書籍為作者精神所寄靈爽所憑者與得之

书影一　《北山小集》跋

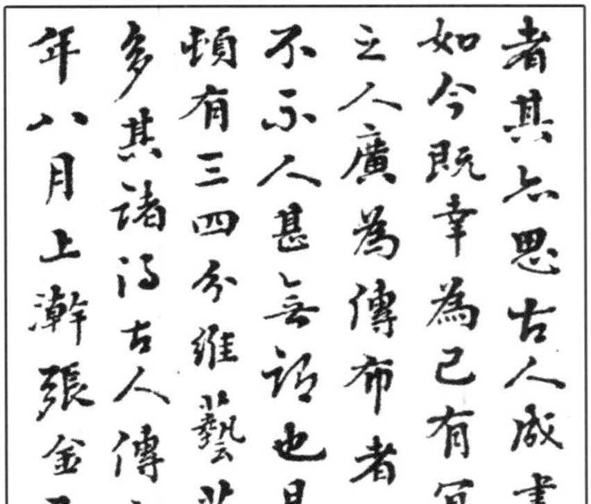
者其亦思古人成書之難何如流傳之難耶
如今既幸為己有冥冥之中鄭重付託大雅後
之人廣為傳布者又何如乃謬為愛護秘
不示人甚無謂也是書傳本絕稀今一時
頓有三四本維藝芸主人不吝通假之功寔
多其諸得古人傳之其人之意者與道光柔
年八月上澣張金吾書

书影二　《北山小集》跋

张氏爱日精庐（常熟市文物保护单位）

《中国近现代稀见史料丛刊》总序

在世界所有的文明中，中华文明也许可说是“唯一从古代存留至今的文明”（罗素《中国问题》）。她绵延不绝、永葆生机的秘诀何在？袁行霈先生做过很好的总结：“和平、和谐、包容、开明、革新、开放，就是回顾中华文明史所得到的主要启示。凡是大体上处于这种状况的时候，文明就繁荣发展，而当与之背离的时候，文明就会减慢发展的速度甚至停滞不前。”（《中华文明的历史启示》，《北京大学学报》2007 年第 1 期）

但我们也要清醒看到，数千年的中华文明带给我们的并不全是积极遗产，其长时段积累而成的生活方式与价值观具有强大的稳定性，使她在应对挑战时所做的必要革新与转变，相比他者往往显得迟缓和沉重。即使是面对佛教这种柔性的文化进入，也是历经数百年之久才使之彻底完成中国化，成为中华文明的一部分；更不用说遭逢“数千年来未有之变局”、“数千年未有之强敌”（李鸿章《筹议海防折》），“数千年未有之巨劫奇变”（陈寅恪《王观堂先生挽词序》）的中国近现代。晚清至今虽历一百六十余年，但是，足以应对当今世界全方位挑战的新型中华文明还没能最终形成，变动和融合仍在进行。1998 年 6 月 17 日，美国三位前总统（布什、卡特、福特）和二十四位前国务卿、前财政部长、前国防部长、前国家安全顾问致信国会称：“中国注定要在 21 世纪中成为一个伟大的经济和政治强国。”（徐中约著《中国近代史》上册第六版英文版序，香港中文大学 2002 年版）即便如此，我们也不能盲目乐观，认为中华文明已经转型成功，相反，中华文明今天面对的挑战更为复杂和严峻。新型的中华文明到底会怎样呈现，又怎样具体表现或作用于政治、经济、文化等层面，人们还在不断探索。这个问题，我们这一代恐怕无法给出答案。但我们坚信，在历史上曾经灿烂辉煌的中华文明必将凤凰浴火，涅槃重生。这既是数千年已经存在的中华文明发展史告诉我们的经验事实，也是所有为中国文化所化之人应有的信念和责任。

不过，对于近现代这一涉及当代中国合法性的重要历史阶段，我们了解得还过于粗线条。她所遗存下来的史料范围广阔，内容复杂，且有数量庞大且富有价值的稀见史料未被发掘和利用，这不仅会影响到我们对这段历史的全面了解和规律性认识，也会影响到今天中国新型文明和现代化建设对它的科学借鉴。有一则印度谚语如是说："骑在树枝上锯树枝的时候，千万不要锯自己骑着的那一根。"那么，就让我们用自己的专业知识与能力，为承载和养育我们的中华文明做一点有益的事情——这是我们编纂这套《中国近现代稀见史料丛刊》的初衷。

书名中的"近现代"，主要指1840—1949年这一时段，但上限并非以一标志性的事件一刀切割，可以适当向前延展，然与所指较为宽泛的包含整个清朝的"近代中国"、"晚期中华帝国"又有所区分。将近现代连为一体，并有意淡化起始的界限，是想表达一种历史的整体观。我们观看社会发展变革的波澜，当然要回看波澜如何生，风从何处来；也要看波澜如何扩散，或为涟漪，或为浪涛。个人的生活记录，与大历史相比，更多地显现出生活的连续。变局中的个体，经历的可能是渐变。《丛刊》期望通过整合多种稀见史料，以个体陈述的方式，从生活、文化、风习、人情等多个层面，重现具有连续性的近现代中国社会。

书名中的"稀见"，只是相对而言。因为随着时代与科技的进步，越来越多的珍本秘籍经影印或数字化方式处理后，真身虽仍"稀见"，化身却成为"可见"。但是，高昂的定价、难辨的字迹、未经标点的文本，仍使其处于专业研究的小众阅读状态。况且尚有大量未被影印或数字化的文献，或流传较少，或未被整合，也造成阅读和利用的不便。因此，《丛刊》侧重选择未被纳入电子数据库的文献，尤欢迎整理那些辨识困难、断句费力、裒合不易或是其他具有难度和挑战性的文献，也欢迎整理那些确有价值但被人们习见思维与眼光所遮蔽的文献，在我们看来，这些文献都可属于"稀见"。

书名中的"史料"，不局限于严格意义上的历史学范畴，举凡日记、书信、奏牍、笔记、诗文集、诗话、词话乃至序跋汇编等，只要是某方面能够反映时代政治、经济、文化特色以及人物生平、思想、性情的文献，都在考虑之列。我们的目的，是想以切实的工作，促进处于秘藏、边缘、零散等状态的史料转化为新型的文献，通过一辑、二辑、三辑……这样的累积性整理，自然地呈现出一种规模与气象，与其他已经整理出版的文献相互关联，形成一个丰茂的文献群，从而揭示在宏大的中国近现代叙事背后，还有很多未被打量过的局部、日常与细节；在主流周边或更远处，还有富于变化的细小溪流；甚至在主流中，还有漩涡，在边缘，还有静止之水。近现代中国是大变革、大痛苦的时代，身处变局中的个体接物处事的伸屈、所思所想的起落，藉纸墨得以留存，这是一个时代的个人记录。此中有文学、文化、生活；也时有动乱、战争、革命。我们整理史料，是提供一种俯首细看的方式，或者一种贴近近现代社会和文化的文本。当然，对这些个人印记明显的史料，也要客观地看待其价值，需要与其他史料联系和比照阅读，减少因个人视角、立场或叙述体裁带来的偏差。

知识皆有其价值和魅力，知识分子也应具有价值关怀和理想追求。清人舒位诗云"名士十年无赖贼"（《金谷园故址》），我们警惕袖手空谈，傲慢指点江山；鲁迅先生诗云"我以我血荐轩辕"（《自题小像》），我们愿意埋头苦干，逐步趋近理想。我们没有奢望这套《丛刊》产生宏大的效果，只是盼望所做的一切，能融合于前贤时彦所做的贡献之中，共同为中华文明的成功转型，适当"缩短和减轻分娩的痛苦"

(马克思《资本论》第一卷第一版序言)。

《丛刊》的编纂,得到了诸多前辈、时贤和出版社的大力扶植。袁行霈先生、傅璇琮先生、王水照先生题辞勖勉,周勋初先生来信鼓励,凤凰出版社姜小青总编辑赋予信任,刘跃进先生还慷慨同意将其列入“中华文学史史料学会”重大规划项目,学界其他友好也多有不同形式的帮助……这些,都增添了我们做好这套《丛刊》的信心。必须一提的是,《丛刊》原拟主编四人(张剑、张晖、徐雁平、彭国忠),每位主编负责一辑,周而复始,滚动发展,原计划由张晖负责第四辑,但他尚未正式投入工作即于 2013 年 3 月 15 日赍志而殁,令人抱恨终天,我们将以兢兢业业的工作表达对他的怀念。

《丛刊》的基本整理方式为简体横排和标点(鼓励必要的校释),以期更广泛地传播知识、更好地服务社会。希望我们的工作,得到更多朋友的理解和支持。

2013 年 4 月 15 日

目　录

前言……………………………………………………………… 1
凡例……………………………………………………………… 1
序………………………………………………………… 赵允怀　1

卷一

释冕……………………………………………………………… 1
释弁 …………………………………………………………… 13
释六服 ………………………………………………………… 27

卷二

六宗说 ………………………………………………………… 31
《麟之趾》说 …………………………………………………… 31
《相鼠》说 ……………………………………………………… 32
《硕人》说 ……………………………………………………… 33
《木瓜》说 ……………………………………………………… 34
《黍离》说 ……………………………………………………… 35
《扬之水》说 …………………………………………………… 36
《缁衣》说 ……………………………………………………… 37
《伐檀》说 ……………………………………………………… 38
《无衣》说 ……………………………………………………… 40
《蒹葭》说 ……………………………………………………… 41

《衡门》说 …… 42
《菁菁者莪》说 …… 43
殷人贵富说 …… 44

卷三

《康诰》解 …… 46
“观颐自求口实”解 …… 46
贵黍贱稷解 …… 47
《周礼》“王日一举鼎十有二”与《玉藻》“天子日食少牢”不同解 …… 49
季冬始渔解 …… 49
圜丘名禘解 …… 51
《公羊》禘大于祫解 …… 51
象箸解 …… 52
昏礼世俗用马鞍解 …… 53
《诗》“天命元鸟”不得作元鸟氏辨 …… 53
《周礼》“共祭祀之好羞”不得作嗜好之物辨 …… 54
祭地衣服不得同祭天辨 …… 55
裼衣上不更有袭衣辨 …… 55
经德秉哲论 …… 56
卢子幹论 …… 57
张平子论 …… 58

卷四

《公羊测义》序 …… 60
《虞乡续记》序 …… 61
《兰茗集》序 …… 62
《丝缀积闻》序 …… 62

《广释名》序 …… 63
《释龟》序 …… 64
《爱日精庐藏书志》序 …… 66
《爱日精庐藏书志》序 …… 67
《金文最》序 …… 68
宋蜀大字本《月令》跋 …… 69
《三礼疑义》跋 …… 69
影写元元统刊本《国朝名臣事略》跋 …… 70
影宋本《营造法式》跋 …… 70
《稽瑞》跋 …… 71
影写宋刊本《北山小集》跋 …… 72
明修撰张止菴先生《待漏图》跋 …… 72
获洲张公蒲江《政迹图》跋 …… 73
自书《金刚经》跋 …… 73

卷五

覆褚仙根问禘郊宗祖书 …… 75
上朱虹舫先生书 …… 77
上受业师黄琴六先生论古文书 …… 78
覆陈君子準论五经博士书 …… 80
与鹿樵从兄求呈进金文书 …… 81
与周松侍乞代求孙子潇先生撰亡妻季孺人家传书 …… 83
慰郭古于悼亡书 …… 84
诒经堂记 …… 85
重建传望楼记 …… 86
武康访东野井记 …… 87

卷六

先府君家传 …………………………………………………… 89
先太孺人家传 …………………………………………………… 90
叔父若云府君家传 …………………………………………… 91
陈子準别传 …………………………………………………… 92
傅锡书传 ………………………………………………………… 93
自赞 ……………………………………………………………… 94
亡室季孺人真赞 ……………………………………………… 95

附录一　张金吾作品拾零 ……………………………………… 96
《后村先生大全集》跋 ………………………………………… 96
《包氏说文解字补义》跋 ……………………………………… 96
《读书敏求记》跋 ……………………………………………… 97

附录二　张金吾生平及家族相关文献 ……………………… 98
朝议大夫张君行状(黄廷鉴) ………………………………… 98
张月霄传(黄廷鉴)……………………………………………… 100
张金吾小传……………………………………………………… 101
张月霄传(李兆洛)……………………………………………… 102
张金吾小传(吴晗)……………………………………………… 102
藏书二友记(黄廷鉴)…………………………………………… 103
《读知不足斋赐书图》记(黄廷鉴)…………………………… 104
答张月霄论作古文书(黄廷鉴)………………………………… 105
诒经堂记(孙原湘)……………………………………………… 106
张氏闻涛轩记(孙原湘)………………………………………… 107
张月霄妻季孺人传(孙原湘)…………………………………… 108
虞山张氏诒经堂记(阮元)……………………………………… 109
《诒经堂图》书后(翁同龢)……………………………………… 110

附录三 张金吾编纂作品序跋及著录 …… 112
《丝缀积闻》不分卷(王欣夫) …… 112
《切韵指掌图》跋(张海鹏) …… 113
《广释名》序(吴慈鹤) …… 113
《广释名》序(赵怀玉) …… 114
《广释名》序(张大镛) …… 115
《广释名》序(黄廷鉴) …… 115
《广释名》跋(伍崇曜) …… 116
《广释名》(李慈铭) …… 118
校刻《吴郡志》跋(黄廷鉴) …… 118
《续资治通鉴长编》跋(黄廷鉴) …… 119
《释龟》二卷(王欣夫) …… 120
《北山小集》跋(黄丕烈) …… 120
《金文最》序(阮元) …… 121
《金文最》序(英和) …… 122
《金文最》序(陈揆) …… 123
题张氏新编金文(陈揆) …… 123
《金文最》序(黄廷鉴) …… 124
《金文最》序(陈澧) …… 125
《金文最》序(谭宗浚) …… 126
《金文最》跋(黄廷鉴) …… 127
《金文最》跋(伍绍棠) …… 127
《两汉五经博士考》序(黄廷鉴) …… 128
《两汉五经博士考》序(孙原湘) …… 129
《两汉五经博士考》序(李兆洛) …… 130
征刻《诒经堂续经解》启(孙原湘) …… 131
《爱日精庐藏书志》序(黄廷鉴) …… 132
张月霄书目序(顾广圻) …… 133

《爱日精庐藏书志》四十卷(耿文光)…………………………… 134
《爱日精庐藏书志》三十六卷《续志》四卷(耿文光)………… 135
《爱日精庐藏书志》四卷(长泽规矩也)………………………… 135
《爱日精庐藏书志》三十六卷《续志》四卷(长泽规矩也)…… 136
《言旧录》序(季景和)…………………………………………… 136
《言旧录》跋(刘承幹)…………………………………………… 137

附录四　张金吾著述编纂总目………………………………… 139

参考文献………………………………………………………… 141

前　言

叶德辉在《常熟顾氏小石山房佚存书目序》中曾言："常熟为江南名县，其士大夫喜藏书，自为一方风气。以余所知，前明有杨五川七桧山房、赵清常脉望仙馆，储藏之富，远有师承。其后继之者，为毛子晋汲古阁、钱牧翁绛云楼。绛云火后，余书归族子曾述古堂。甲宋乙元，转相传授。乾嘉之际，有张月霄爱日精庐、陈子準稽瑞楼，近今犹有瞿子雍铁琴铜剑楼。盛矣哉！以一邑之收藏，为中原之甲秀。余友庞䌹堂寺卿撰《常昭志》，至以藏书家别为列传，以褒扬之。此固他郡县所未有者也。"[①]按《光绪常昭合志》特设藏书家一门，其类序云："自来郡邑志乘未有以藏书家立一专门者。岂斯例之不可创欤？抑岂人之不多觏也？独吾邑以藏书之名著闻于海内者，自元明迄今，踵若相接，其遗编散帙，流传四方。好事者得之，或谓海虞某氏之所收录，或谓琴川某人之所题识，以相引重。"[②]张瑛《铁琴铜剑楼藏书目录后序》亦云："常熟藏书家远有端绪。自明万卷楼杨氏、脉望馆赵氏、绛云楼钱氏，递相祖述，汲古毛氏实集其成。羽翼之者述古钱氏，近之爱日、稽瑞两家继之。蕞尔一邑，储藏之富，甲于东南。"[③]足见常熟藏书传统源远流长，名家辈出，对中国文化典籍的保存和传播起

① 叶德辉《郎园山居文录》卷上，上海书店《丛书集成续编》第144册据《郎园先生全书》影印本。

② 《常昭合志稿》卷三十二《人物志》十一之三。

③ 清光绪刻本《铁琴铜剑楼藏书目录》卷末。

到了重要作用。

叶德辉、张瑛等提到的爱日精庐主人张金吾是清嘉庆、道光时期常熟著名藏书家。张金吾(1787～1829),字慎旃,别字月霄。清江苏昭文(今常熟市)人。著名藏书家、目录版本学家。嘉庆间,年二十二补博士弟子员。寻即弃去,以庋藏、校勘、汇刻先贤文化典籍为己任。在先辈藏书基础上,汇收群籍,得八万余卷。辟"诒经堂"、"诗史阁"、"求旧书庄"以藏之。从季父海鹏校刊群书,考据精当。尝以列朝文苑,惟金源氏多散佚,搜辑二十年,乃成《金文最》百廿卷。又采宋元以来经部著述八十余种,纂辑《诒经堂续经解》一千四百三十六卷,以补清初署名纳兰性德《通志堂经解》之缺失。又撰《爱日精庐藏书志》四十卷。另有《释冕》、《释弁》、《释龟》、《广释名》、《两汉五经博士考》、《十七史引经考》、《白虎通注》等著述,总计约二百余卷,皆贯穿详核,言之有据。《常昭合志稿》卷三十二有传。

张金吾出身于藏书世家。曾祖张朝绩,字亦中,号东岩,著有《闻涛轩诗稿》二卷。祖父张仁济(1717～1791),字敬堂,一字傅霖,晚号讷斋。好读书,年逾七旬不倦。家有"照旷阁",藏书万卷,多宋元旧刻。有《讷斋存稿》。父张光基(1738～1799),张仁济长子,字南友,一字心萱。笃学敦行,嗜学好古。继承张仁济"照旷阁"藏书,并益加购藏。取《汉书》"遗子黄金满籯,不如教子一经"之意,创设"诒经堂",突显其注重经书收藏的意愿。著有《心萱遗诗》。

张金吾幼年不幸,十三岁时其父张光基卒。十六岁时,其母因操劳过度,心力交瘁,亦卒。此后在其叔父张海鹏养育下成人。据张金吾自编年谱《言旧录》载,其母"病革,以金吾属叔父若云公。命金吾曰:'汝能读书循理,惟叔父命是听。吾目瞑矣。'"张金吾所言叔父若云公,即常熟著名藏书家张海鹏。张海鹏(1755～1816),原名荣基,字若云,一字子瑜,年二十一补博士弟子员,三试不中,遂绝意名禄,笃志于坟典。生平乐善好施,创设从善局,施济四穷,月给赡养。嘉庆二十一年卒,年六十二。张海鹏在毛晋《津逮秘书》基础上,增删编订《学津讨源》二十集，又刻《墨海金壶》七百余卷，《借月山房汇钞》十六集。又辑《金帚编》，未克完成而卒。《常昭合志稿》卷三十二有传。

黄廷鉴有《朝议大夫张君行状》述张海鹏生平事迹甚详。据《行状》，张海鹏曾云："藏书不如读书，读书不如刻书。读书只以为己，刻书可以泽人。上以寿作者之精神，下以惠后来之沾溉，视区区成就一己之学业者，其道不更广耶！"因而"拳拳于流传古书，至老弥笃"。而张海鹏刊刻校书之严谨认真，黄廷鉴亦有精彩描述："性好劳恶逸，黎明即起，漏三下不息。迨梨枣役兴，手一编，丹铅左右，恒彻晓了无倦容。延致好学知名之士，相与分校。订讹析缪，细心咨访，间有不合，断断辨论，必洞彻无滞而后已。"[①]张海鹏这种严谨的刻书态度必然对张金吾有所影响。据张金吾《言旧录》，嘉庆九年(1804)叔父张海鹏校刊《学津讨原》等书，间命金吾校雠，偶有订正处，辄为叔父许可。

张海鹏尤为人称道者是其扶危济困、和顺悌睦的品行。其中对侄金吾的抚育一再被时人称赞。黄廷鉴《朝议大夫张君行状》云：

> 君性友爱。伯兄光基暨继嫂邵相继弃世，孤金吾年才十五。嫂氏临终，付托君经理丧事。毕，挈金吾反步道巷。旧宅相依，延师课读，视同己子。释服后，为之授室。合葬兄嫂于宝岩新阡。遗产及一切琐务，君亲自经纪之。逮金吾游庠，方以家务畀之，惟恐少负丘嫂重意。

张金吾对叔父的养育也铭刻在心，念念不忘。在文章中多次言及，如："太孺人疾亟，以金吾属叔父。既卒，叔父抚金吾如子，以教以养，且为经理田产……时时以读书敦本、无隋家声为勖。"(《叔父若云府君家传》)"金吾少孤，从父若云公命居'诗礼堂'旧第，以养以教。"(《重建"传望楼"记》)"弟少遭孤露，照旷从父视如己子。以教以养，

① 《第六弦溪文钞》卷四。

幸得稍有成立。”(《与鹿樵从兄求呈进金文书》)

张海鹏在藏书、刻书方面对张金吾的影响很大。黄廷鉴《张月霄传》载:“(金吾)少孤,性颖敏,喜博览。比长,学为考据,尝从季父海鹏校刊《太平御览》诸书,钩稽审核,见者称焉。”张金吾《叔父若云府君家传》载:“叔父尝语金吾曰:‘藏书不如读书,读书不如刻书。藏书者好名,非好学也。读书者为己,不为人也。若刻书,则上以寿作者,下以惠后学,绵绵延延,传之无极。夫成就一己,不若成就天下后世之人为愈也。吾老矣,不能力学。惟就吾力之所及,成就天下后世之学者,是吾之志也。’”显示出一位藏书家难能可贵的宽广胸怀和以传承文献为己任的雄心壮志。前引叶德辉《常熟顾氏小石山房佚存书目序》又云:“余恒言,藏书而不知刻书,何异骨董行客;刻书而不知藏书,亦棚铺枋肆所优为,何与于表彰先哲,嘉惠来学之事。”此论开明、通达,与张海鹏的藏书、刻书理念颇有相通处。而张金吾在选择自己的人生道路时显然从张海鹏的经历和教诲中受益颇多。

由于参加科举不利,张金吾很快放弃通过科举进入仕途的尝试,而立志于以刊刻传播先贤文化和撰述成家。据黄廷鉴所撰《藏书二友记》载,张金吾与同里陈揆相友善,其藏书亦相埒:

> 月霄之藏弆,后于陈君十年,不数载而富与之埒。储藏之名,今遂并甲于吴中。四方之名士,书林之贾客,挟秘册,访异书,望两家之门而投止者,络绎于虞山之麓、尚湖之滨。嘻!盛矣。

但是张金吾的藏书理念与陈揆颇有不同。黄文记载:“两君志趣同,而各有所主。张则钟于经籍,而兼爱宋元人集;陈则专于史志,而旁嗜说部。其大较以网罗散佚、存亡继绝为宗旨。其于书也,张则乐于人共,有叩必应;陈则一室静研,慎于乞假。”张金吾所作《〈稽瑞〉跋》对于二人在藏书理念方面的区别亦有描述:“子準尝曰:‘书贵缄秘,不缄秘则流布广，而视之必轻。使是书由我而轻，我之罪实甚。’金吾则曰：‘书贵通假，不通假则扃鐍固而传本易绝。使是书由我而绝，我之罪更甚之。’”不难分辨，张金吾的藏书理念和乐于与人分享的做法更值得推崇。关于这种行为的出发点，张金吾在《影写宋刊本〈北山小集〉跋》中有更深入的阐述：

> 尝见藏书家得一宋元旧籍，辄思秘之帐中。噫！此何说也。古之人读书稽古，萃一生之心思才力以成一书，难矣。萃一生之心思才力以成一书而历七八百年，几经兵火，旧椠如新，抑又难矣。爱古者，碎金片石，断砖剩瓦，犹且公之同好，互相激赏，况书籍为作者精神所寄、灵爽所凭者欤？得之者其亦思古人成书之难何如，流传之难何如，今既幸为己有，冥冥中郑重付托，大望后之人广为传布者又何如，乃谬为爱护，秘不示人，甚无谓也。

在他看来，书籍作为作者萃一生之心力凝聚而成的精神产品，是作者的心智所寄，灵爽所凭，是作者赖以延续自己精神生命的依托所在，如果藏书家都据为私有，阻断传播，岂非有负作者冥冥中之重托！张金吾藏有包希鲁撰《说文解字补义》十二卷，元刊本，为包氏仅存作品，十分珍贵，有人想借抄此书，张金吾慨然应允，并说：“予以希鲁著述甚富，见于《补元史艺文志》及《百姓统谱》者，今皆散佚无传，惟是书仅在兹。既幸归于予手，若不公诸同好，广为传布，则虽宝如球璧，什袭而藏，于是书何裨？于予又何裨？且予喜藏书，不能令子孙亦善藏书。聚散无常，世守难必，即便能守，或童仆狼藉，或水火告灾，一有不慎，逐成断种，则予且为包氏之罪人。……予之不敢自秘，正予之宝爱是书也。”[①]基于这种理念，他在《诒经堂记》指出：“夫藏之名山，不如传之通国；私之一家，不若公之万世。”善哉斯言！如此眼光、

---

① 《爱日精庐藏书志·卷七》。

如此作为，即使在今日，也令人感佩不已。

从当时相关学者的记述中，我们可以找到很多学者受惠于张金吾慷慨借书的例证。如黄丕烈述残宋刻本《续颜氏家训》云："此残宋椠本《续家训》六至八卷，爱日精庐藏书也。余因修郡志事访友琴川，过精庐，从主人月霄二兄借归，手为翻阅，并录其副。"① 又李兆洛曾言："予颇嗜异书，闻常熟张氏藏书甲吴下，而张君月霄雠校尤精，心慕之，未由通也。试介书贾代借书录本，而君慨然以来。"② 此类甚多，不胜枚举。

道光二年(1822)，张金吾纂成包罗金源一代文献的《金文最》一百二十卷，是其藏书、刻书生涯中的重要里程碑。《张月霄传》云："尝谓历朝总集自《文苑英华》而后，《文粹》、《文鉴》、《文类》，代勒鸿编，惟金源氏一朝著作自来散佚，月霄慨然引为己任，讨论史传，网罗图经、碑刻，殚十二年之精力，成《金文最》百廿卷。"张金吾《与鹿樵从兄求呈进金文书》中也谈到了编纂此书的动机：

> 宋自南渡后，议论多而事功少，道学盛而文章衰。中原文献，实归金源。不有总集以荟萃之，何以觇一代文治之隆，人才之富哉！用是不揆梼昧，仿《唐文粹》、《宋文鉴》、《元文类》、《明文衡》例，采集金文，都为一编。自《金史》、《大金集礼》、《三朝北盟汇编》诸书外，凡山经地志、金石碑碣，以及二氏之藏、外国之书，无不甄录，合之《拙轩》等五集，分类编次，勒为百卷。取《公羊传注》"最，聚也"之意，名曰《金文最》。巨细不遗，瑕瑜尽录，盖会聚之云耳，非敢操选政也。

此书的编纂倾注了张金吾巨大的心血。黄廷鉴在《张月霄传》中记述

---

① 黄丕烈著，潘祖荫辑《士礼居藏书题跋记》卷四。

② 《养一斋文集》卷十六《旧言集诗人小传》。

其访书之艰辛云："犹忆己卯夏，偕访知不足斋鲍氏，借读《图书集成》赐书，馆于乌镇之南宫道院，日分阅数百巨册，时新暑乍来，挥汗成雨，迨莫，余倦而息矣，月霄则燃烛煌煌，蚊虻四集，漏再下不辍。每得金人文一篇，辄狂喜叫绝。其嗜好之癖有如此。"如果不是对历史文献有超乎寻常的挚爱，对致力于文化传承有着坚定信念，凭个人之力，绝难完成这一具有重大意义的文献编纂使命。

张金吾以一人之力编成此书，使得几近失传的金源文献得到极大保护，其存亡继绝之功受到同时及后世学者的高度评价。如赵怀玉云："张子治经之外，兼擅艺文，于历代作者靡不搜讨。方有《金文最》之辑，盖本《公羊传》'会，犹最'之意，言其荟萃之富也。昔姚氏铉有《唐文粹》，吕氏祖谦有《宋文鉴》，苏氏天爵有《元文类》，程氏敏政有《明文衡》，皆采入《四库》。独金源之文阙如，每以为憾。今张子成之，行当上邀乙览，下惠艺林，为姚、吕诸家嗣音，而与元裕之《中州集》共垂不朽矣。"[①]陈揆云："月霄此编，搜罗甚广，以数百年散佚之余，而缀辑如此，世之君子论次历代文章，其必于是焉取之矣。其间典章经制、阀阅勋绩，及夫年月官位之详，皆足以补史籍之遗，证其异同。又不当仅以文字论也。"[②]阮元云："金源之文，巨细咸备，典章规画，亦了然可考。书之大体，本《文粹》、《文鉴》而不别为去取者，其慎也。世之读是书者，叹其学之博，而掇其文章之盛，以研究于气骨之间而浑化之。则是编之作，固唐宋之后劲，学者之矩矱。"[③]英和云："是书非惟极文章之巨观，抑亦备完颜之掌故已。予深嘉张生之勤学，而复幸王庭筠、党怀英诸人之著述不尽无征焉。"[④]据粗略统计，《金文最》收录各体文章约一千七百九十余篇，可谓浩博。中华书局

---

① 赵怀玉《广释名序》，《知不足斋丛书》本《广释名》卷首。

② 陈揆《金文最序》，清光绪江苏书局重刊本《金文最》卷首。

③ 阮元《金文最序》，清光绪江苏书局重刊本《金文最》卷首。

④ 英和《金文最序》，清光绪江苏书局重刊本《金文最》卷首。

在其标点本《金文最》所作的“出版说明”中指出:“今日看来,《金文最》作为有金一代文章的总集,大略已具规模。至于补苴罅漏,搜集遗阙,当然还有待于来日。”这个评价应该是比较公允的。

除《金文最》外,张金吾还有《丝缀积闻》、《切韵指掌图音释》、《广释名》、《两京新记补遗》、《释龟》、《爱日精庐藏书志》、《两汉五经博士考》、《诒经堂续经解》、《言旧录》等著述。其中以《爱日精庐藏书志》最为著名,此书最初编成于嘉庆二十五年(1820),四卷,以活字板印行。六、七年后,因藏书续有增益,乃重加编次,附入原书序跋,厘为三十六卷,仍名为《爱日精庐藏书志》,又作《续志》四卷。顾广圻所作序云:“今夫书之有目,其途每殊。凡流传共见者固无待论,若夫月霄之目,乃非犹夫人之目也。观其某书必列某本旧新之优劣、钞刻之异同,展卷具在,若指诸掌,其开聚书之门径也欤?备载各家之序跋,原委粲然,复略叙校雠、考证、训诂、簿录、汇萃之所得,各发解题,其标读书之脉络也欤?世之欲藏书、读书者,苟循是而求焉,不事半功倍欤?”评价甚高。该书在中国目录学史上有重要意义,此前的目录学著作如钱曾《读书敏求记》、乾隆中官修《天禄琳琅书目》等也颇为注重对书籍版本的考察,如章学诚等编纂《史籍考》时也曾经有选择地辑录序跋,但是把这些做法综合起来并予以深入而细化则始自张金吾,《藏书志》这样的撰写体制也成为后世目录学家争相模仿的对象,如陆心源《皕宋楼藏书志》、丁丙《善本书室藏书志》、缪荃孙等《嘉业堂藏书志》等,其编纂体例皆承张氏而来。

很显然,张金吾是学者型藏书家,藏书是为了致力于学术,其《爱日精庐藏书志序》云:“人有愚智贤不肖之异者,无他,学不学致之也。然欲致力于学者,必先读书。欲读书者,必先藏书。藏书者,诵读之资而学问之本也。”“藏书而不知读书,犹弗藏也。读书而不知研精覃思,随性分所近,成专门绝业,犹弗读也。”清代以前,现代意义上的公共图书馆尚未建立,普通士人读书或治学,有一定数量的个人藏书是重要前提。孙原湘《诒经堂记》云:“今月霄年未四十,即厌弃举业，博极群书，所著《白虎通注》、《广释名》，证引该洽，裒然成帙。由此而益务潜心经术，以发明先圣之道，虽从容蕲至于古作者无难。岂特如毛氏、钱氏，沾沾夸储蓄之富而已。”指出张金吾藏书的目的在于“潜心经术”而非“夸储蓄之富”，与那些不务治学，而仅仅以把玩宋雕元椠为嗜好的藏书家颇有不同。所言深切入骨，诚非虚语。

作为一个学者型藏书家，张金吾的藏书观也显示出以有裨学术为宗旨的特点，其《爱日精庐藏书志序》云：“著录贵乎秘，秘籍不尽可珍；椠本贵乎宋，宋椠不尽可宝。要在乎审择之而已。夫所谓审择之者何也？宋元旧椠有关经史实学而世鲜传本者，上也；书虽习见，或宋元刊本、或旧写本、或前贤手校本，可与今本考校异同者，次也；书不经见，而出于近时传写者，又其次也。而要皆以有裨学术治道者为之断。此金吾别择之旨，不无少异于诸家者也。”也正是由于一切以有裨学术为目的，他在刻书或转抄前贤文献时，务使所钞刻的书籍保留历史原貌，力避以己意强加于古人。三十六卷本的《爱日精庐藏书志》辑录了很多原书中的序跋。《爱日精庐藏书志·例言》云：“所载序跋，钞帙居多，辗转传写，类多舛误。是编所录，几无别本可据者，虽显然谬误，一仍其旧，不敢以一知半解妄下雌黄。”这种态度和处理方法即使在今天看来也是极为严谨和科学的。

张金吾治学的谨严还表现在他能不断修正自己的观点。其《覆陈君子準论五经博士书》云：“拙著前以建元以前博士置篇首，建元以后则标某经博士之目，今思某经之称，自前所称外，书阙有间，即或师承可考，而强为附丽，终嫌臆断。爰拟重为更定，首之以博士仆射、博士祭酒领纲纪也，次之以建元以前博士溯旧制也，又次之以五经博士以所习之经为次，不标某经博士之目，存疑也。终之以诸侯博士，不敢与王官并列也。如此庶不没官制之实，亦不失阙疑之意。俟缮写毕，续当就正。”张金吾于道光五年三十九岁时完成《两汉五经博士考》三卷，就正于友人陈揆，陈揆作书盛赞此书“淹雅贯串，足补竹垞立学一门之阙。不采明以后书，尤为卓识”。[①] 并与张金吾商榷数事，张金吾复作《覆陈君子準论五经博士书》一一论辩。覆书中检讨自己有“强为附丽，终嫌臆断”处，“爰拟重为更定”。其虚心改过、严谨治学的品格耀然纸上。类似的事例也表现在他在《爱日精庐藏书志》等书目的编订方面，《三礼疑义跋》云：

> 金吾初得吴氏廷华《三礼疑义》，以其久佚仅见，不及卒读，即列之《藏书志》，且写入《续经解》中。既竣，卒读一过，乃知其书惟以排击注疏为事，于经义实无发明。……方今经术昌明，两汉之学如日中天，吴氏邪说存之，固不足惑世，惟是金吾不及卒读，即列之《藏书志》，妄谓吴氏《三礼》之学具有根柢，非一知半解轻议先儒者可比。推波助澜，其罪盖与吴氏等。呜呼！是可为轻易立说者戒矣。

他对自己“不及卒读”而“妄谓吴氏《三礼》之学具有根柢”的轻率行为深感自责，认为自己对于一部没有什么学术价值的著述予以表彰，对该书的传播“推波助澜，其罪盖与吴氏等”。一个有良知的学者应该能够时刻反省自己的学术历程，对于因轻率误信、学力不足、思考不周等因素造成的错误应及时纠正。在这一点上，张金吾显然也是令人敬佩的。

张金吾孜孜不倦苦读历代经典的学习历程，给其师黄廷鉴留下了深刻印象。黄氏《张月霄传》云：“月霄幼从予游，治经之暇，好观《史记》、两《汉书》，篝灯深夜，寒暑不辍。与之讲论今古、征典实、辨名物，退则抽书寻讨，质难叠生。读书间举传注旧解，或古今异读，辄取塾本作夹注，行间几满。观其嗜书好古，趋向已早殊俗学。厥后纂辑之宏，插架之富，十年中名满三吴。凡所著述，务为其所难。实能

① 《两汉五经博士考》卷首《覆陈君子準论五经博士书》附录。

从古籍中博观约取而成，使天假之年，所造就当不止是。”张金吾本人曾数次提及其读书思考的方法和心得。《丝缀积闻序》云：“金吾读书，有不得其说者，不敢以轻心掉之，不敢以臆见断之，不敢以附会无稽之说杂之，运之以精思，佐之以载籍，反覆推究，实事求是，要归于至当而止。……即或间有心得，一知半解，曾何足道。惟是学问无穷而人之心思亦无穷，今日见为是者，安知异日不更见为非耶！今日惊为创获者，安知异日不又惊为陈言耶！录而存之，以俟日后之论定，且以验学问之日进否也。”该文所言“反覆推究，实事求是”体现了张金吾一贯的治学风格。如他在校《切韵指掌图》时谨严审慎，张海鹏称“时犹子金吾为余反覆校勘，并与其师黄君琴六、宗长椒卿一一商榷。”[①]张金吾《覆陈君子準论五经博士书》中亦云：“学问一道，不废诘难。古人意见不合，往往反覆辨论，非逞辞也，求归于是而已。”所作《季冬始渔解》赞扬其友人傅锡书“非君好学深思，实事求是，其不为先儒之说所囿也者有几”。《诒经堂记》勉励自己“尚其博综六艺，精究群言，撷菁华而撮机要，实事求是，以蕲至于古所谓经五涉四、经九通六者，庶几少慰先君子命名之意也夫”。正是由于张金吾在读书与治学过程中切实贯彻了实事求是的精神，赵怀玉《广释名序》才赞扬他“非好学深思，心知其意，又能实事求是，何以臻此哉”。赵氏显然是有感而发，洵为确评。

《爱日精庐文稿》为张金吾自订。据《言旧录》，道光七年（1827）六月，“自定《爱日精庐文稿》六卷”。“岁癸未同吴君心葵、陈君子準相约学为古文，吴项儒先生谓金吾文无艰难劳苦之状，近欧阳公；有滔滔不竭、一往莫遏之势，近苏文忠公。”“长夏无事，取旧所为文，删存十之六，为《爱日精庐文稿》六卷。”此时已届张金吾短暂一生的晚年，而将自己所为文“删存十之六”，则亦可见其去取之审慎不苟，体现着其一贯严谨缜密、追求完美的风格。

---

① 《切韵指掌图跋》，《墨海金壶》本《切韵指掌图》卷末。

张金吾自订《文稿》的这一年，也是他刊刻《爱日精庐藏书志》三十六卷、《续志》四卷完成的一年。而在此前一年之七月，从子张承涣巧取爱日精庐藏书十万四千卷而去。《藏书志》成而藏书尽散，这对于张金吾这样一位嗜书如命的藏书家和学者而言，其心灵所遭受打击之大不难想见。《言旧录》中录其所作《包氏说文解字补义》云："聚散无常，世守难必，盖不敢以保守勿替期之子孙百世也。何意聚之二十年，散之一日夜，云烟过眼，竟若是之速也。自来藏书家，厄于水火者有之，荡于兵戈者有之，子孙不能守，狼藉于鼠穴蠹腹者有之，从未闻有胠箧豪夺，且出自同宗子姓者。夫聚散常也，达观者原不必以此介怀，况书目流传后世，犹予之书也。目前之在彼在此，又奚足较？……藏书尽散而书目告成，不可谓非予之厚幸也。设彼时不即编，今日之悔恨当何如耶？"所言说者正是那个时期张金吾心境的写照。

在这种凄凉抑郁的心境下，张金吾通过编订《文稿》，对自己的学术进行了总结性的整理。笔者以为，作为一个藏书家、文献学家，张金吾的主要成就在编纂《金文最》和《爱日精庐藏书志》等方面。但是，这并不意味着他在纯学术研究方面的成就可以被后人漠视。张金吾所作《自赞》可以看作是他对自我的简要评价，所言"精研训诂考索名物兮，寻汉学之微茫。编金源一代之文兮，盖莫盛于大定与明昌"，将"精研训诂考索名物"置于"编金源一代之文"之前，可见他对自己的评价首先在于训诂考索名物等方面。除广受赞誉的《释龟》、《两汉五经博士考》等著述，仅就他本人自订的这部不足十万字的《文稿》而论，前三卷基本都属于经学、训诂学范畴，其中《释冕》、《释弁》等篇章，在广泛汲取先贤相关论述的基础上，细致梳理各种学派的不同见解，取其精华，遗其糟粕，提出了一系列相对折中、平实、公允的观点，对于厘清古代服饰、礼仪、祭祀、名物等方面的真相具有重要意义。尤为难能可贵的是，张金吾在梳理、评析古代作品、人物时，处处彰显出其贵义尚德的品质。例如卫文公早年受齐桓公存亡继绝、靖平国难之大恩，而当齐桓公薨，齐国发生内乱时，卫文公不思图报齐之恩惠，反而趁机灭了同为齐所封立的同姓邢国。对于这种弃德背施的行为，张金吾在《木瓜说》中发出“吾读《木瓜》而叹齐桓之德之盛，且不能不慨于文公之终不一报也”之慨叹。在《卢子幹论》一文中，他对东汉末年经学家卢植置生死于度外，面斥董卓的忠义行为大为叹服，赞美其刚毅有大节。而在《张平子论》一文中，对东汉张衡面对宦官明哲保身、持权固宠、窃位苟禄的作为表示不齿。凡此，都表现出张金吾刚健无私、质直尚义的品格。

《文稿》的后三卷包括一些序跋、书信以及家族亲友的传记等，内容相当丰富。其中的书信多为师友间切磋学术的函件往来，语气平和，而对学术的执著追求却彰然可见。《先府君家传》、《叔父若云府君家传》、《陈子準别传》等以客观的笔触记录了张金吾亲友的事迹，其价值不仅在于可以藉此了解张金吾的家世、交游、师承，更在于为我们提供了一个家族为传承文化前仆后继的鲜活例证，读之令人感佩。例如通过《叔父若云府君家传》，我们知道张海鹏一生以纂辑刊刻先贤文献为己任，曾语张金吾“惟就吾力之所及，成就天下后世之学者，是吾之志也”。结合黄廷鉴《校刻吴郡志跋》，可知张海鹏在世时有意刊刻南宋范成大《吴郡志》，“校刊既竣，君犹以未见宋槧，庋置以俟。逮君谢世，尚未摹印”。后张金吾购得士礼居校宋本，因重加校勘，并命张海鹏之孙準据以补刊。可见，此书之问世，凝聚了张氏三代人的心血。故黄廷鉴感叹张海鹏之“嘉惠桑梓，功固不朽。而金吾与準之善成先志，亦有足多者已”。

某些序跋则对文献的传承、版本等作了阐述，具有较高的学术价值。如《金文最序》指出金源时期“士大夫秉雄深浑厚之气，习骏厉严肃之俗，风教固殊，气象亦异，故发为文章，类皆华实相扶，骨力遒上，虽竹溪专学庐陵，飞伯力追子厚，希颜上拟昌黎，各自名家，不拘一格，然其大较可知也”，不仅扼要指出了当时一些名家师承之异同，而且阐明由于风教、习俗方面的差异，金文总体风格“类皆华实相扶，骨力遒上”，言简意赅，堪称抉微之论。

此书之点校，系受张剑君之嘱托并承惠赠《爱日精庐文稿》相关底本文献。由于才疏学浅，时间仓促，所作整理难免存在疏漏和欠妥处，恭请方家不吝教正。

2014 年 1 月 14 日于京东寓所

凡 例

一、张金吾《爱日精庐文稿》此前仅以稿本流传，现藏上海图书馆。此次点校以《上海图书馆未刊古籍稿本》为底本。

二、凡清人避讳字，如将“玄”写作“元”，为保持《文稿》历史原貌，一律不作更改。如出现因避讳而缺少笔画等情况，则使用现规范标准汉字。

三、此整理本以规范简化汉字为标准，然遇人名等，则视具体情况保持传统写法，不作更改，如“陈子凖”、“卢子幹”不作“陈子准”、“卢子干”。

四、原稿中出现个别字词错误，一般不更改原文，而在出错之字词后用[]标出正确文字，如“藏弃[弆]”等。

五、为保持《文稿》原貌，对于作者本人注释，不作位置更动，仅在注释前用“○”标示，并使用小五号字排版。

六、对于原稿中出现极个别漏字情况，则以“[]”补充漏字，并在脚注中予以说明。作者注释引文出现明显错误，亦不作更动，视具体情况在脚注中说明。

七、原稿中出现字迹模糊处，确实无法判断，则以“□”标示。

八、附录中收录“张金吾生平及家族相关文献”若干篇，由于相关文献较多，附录中仅列举其较为重要者。附录“张金吾编纂作品序跋及著录”选择标准略同。

九、附录中所收序跋往往见诸相关文集卷首、卷末以及其本人文集中，然文字往往出入较大，故一般不作文字校勘。仅视具体情况根据他本补充写作年月落款等信息。

十、《文稿》原无目录，为便于阅读，由整理者增补。

序

赵允怀

宇宙之菁英，散见于至微至赜者，不暇察也。凝而聚之，磅礴郁积，必有所以呈其象。或蕴结于晦昧之区，则待抉剔而发，始发其覆。为学亦然。故一名一物，散见群籍中，泛然观之，杂碎无取；荟萃合并，又为区别其间，而本末原委，厘然毕具，则张君月霄《释冕》、《释弁》、《释六服》三篇是已。

古人精心制作及微言奥旨，后人囿于成说，其义伏而不见，惟好学深思，乃能发其覆而出之，又其说经诸文是已。盖汉儒专考证，宋儒言义理，有相成、无相害。颇怪向来儒者，各立门户，更相是非，取仅为诘难之具，似非欲其致用也。况于骋才者妄，墨守者陋，实交讥焉。月霄类聚融会，兼综条贯，考证不事纷争，义理必有依据，有其是，无其非，庶几豪杰之士与？

予曩用谀闻单慧，出交当世，所见多辞章之士，若夫深知笃好于群经之旨，又能研精覃思，以成一家之学如月霄者，良不数觏。今欲抑华敦素，束身古训，折众言之淆乱，归支离于简易，以自求助于月霄，而月霄亡之久矣。可慨也夫！抑予尝见桐城姚姬传先生之言曰，出辞气，不能远鄙倍，曾子戒之。况于说经而杂以鄙言乎？后世儒者，效僧徒语录，乃多俚俗之辞，此何取哉！是则说经不可无文。月霄既言之有序矣，至为传记杂文，尤能情文相生，俯仰恻怆，得熙甫之神。月霄固不仅文士，即以文论，亦岂人所易及哉！特其尤所究心，则在参核诸儒，推明汉学，天假以年，将蔚为大师，而奈何其遽止乎？

月霄他著述甚多，其《广释名》、《藏书志》、《汉博士考》已行于世，余藏于家。此集乃令子英如抱以来，其师黄丈琴六为致求序之意。予荒陋不足发明其学，重违黄丈诿诿，一以徇令子之意，而并自讼其未及与之共学为深可惜也。道光己亥秋七月同里赵允怀。

卷 一

释冕

冕者，俛也。〇《释名》："冕，俛也。"前俛后仰，〇《白虎通》文。有俛俯之形，〇《左·桓二年》疏引《世本》宋衷注曰："冕有俛俯之形。"故曰冕也。其所以有俛俯之形者何？位弥高者志弥下，以贵下贱也。〇《左·桓二年》疏："盖以在上位者失于骄矜，欲令位弥高者志弥下，故制此服，令贵者下贱也。"前俛后仰者，前低一寸二分也。〇《仪礼·士冠礼》疏："冕，前低一寸二分。"其广八寸也，其长尺有六寸也。〇《周礼·弁师》疏引《汉礼器制度》："冕广八寸，长尺六寸。"一说广七寸，长尺二寸；一说广七寸，长八寸。或曰诸侯、卿大夫之冕也。或曰随代变易，大小不同也。〇《礼记·王制》疏："董巴《舆服志》：广七寸，长尺二寸。皇氏谓诸侯之冕。应劭《汉官仪》：广七寸，长八寸。皇氏以为卿大夫之冕。岂董巴专记诸侯，应劭专记卿大夫？盖随代变易，大小不同也。"凡冕皆上元下朱，《弁师》所谓皆元冕朱里是也。

冕者，覆也，表也，元覆朱里，〇《周礼·弁师》注文。元表纁里。〇《礼记·玉藻》注文。以覆以表，易冕也。上元下朱者，绩麻三十升布染之，上以元，下以朱，衣于冕之上下也。〇《周礼·弁师》疏文。覆在冕上者曰延。〇《周礼·弁师》注："延冕之覆在上。"《礼记·王制》疏："以木版为中，以元布衣之于上，谓之延。"以元表覆冕上，〇《周礼·弁师》疏："以元表覆之，在冕上。"即上元也。〇《周礼·弁师》疏："延即是上元。"为之里者，缯也，〇《礼记·王制》疏："以朱为里，以缯为之。"即下朱也。上元下朱者，象天地之色也。〇《左·桓二年》疏："上元下朱，取天地之色。"冕之体，版也。〇《仪礼·士冠礼》疏："凡冕以木为体。"《周礼·弁师》疏引《汉礼器制度》：

“冕以版。”小鼻曰纽，在武上，笄所贯也。〇《周礼·弁师》注：“纽，小鼻，在武上，笄所贯。”武冠，卷也。〇《礼记·玉藻》注文。笄，簪也。〇《仪礼·士冠礼》注：“笄，今时簪也。”天子诸侯皆以玉也。〇《周礼·弁师》：“王，玉笄；诸侯，玉笄。”屈组以垂为饰者曰纮。〇《仪礼·士冠礼》注：“有笄者，屈组为纮，垂为饰。”朱纮，〇《周礼·弁师》：“王，朱纮。”以朱组为纮也。〇注文。天子以朱，诸侯以青也。〇《礼记·祭义》：“天子冕而朱纮，诸侯冕而青纮。”塞耳曰瑱。〇《周礼·弁师》注：“玉瑱，塞耳者。”《大戴礼》所谓“纬纩塞耳，所以弇聪”也。以五采絛悬瑱曰紞，盖即王后亲织元紞之紞。〇《左·昭二十六年》疏：“以一絛五采横冕上，两头下垂系黄绵，绵下悬玉为瑱。”又《桓·二年》疏：“紞，织线为之，若今之絛，人君五色，《鲁语》独言元者，以元是天色，故特言之。非谓纯元色也。”《诗》之所谓充耳也。〇《诗·著》笺：“充耳，所以悬瑱者，或名为紞。”

元冕也，朱里也，延也，纽也，玉笄，玉瑱也，天子、诸侯同也。〇《周礼·弁师》疏：“王不言玉瑱，王与诸侯互见为义。王言元冕、朱里、延纽，明诸侯亦有之。诸公言玉瑱，明王亦有之。”一曰玉瑱，天子以玉，诸侯以石也。〇《诗·淇澳》传：“天子玉瑱，诸侯以石。”以五采缫贯五采玉，垂于延之前后，曰邃延。〇《周礼·弁师》疏引《汉礼器制度》：“以五采缫绳贯五采玉，垂于延前后，谓之邃延。”缫，杂文之名也，合五采丝为之绳也。〇《周礼·弁师》注文。邃延者，言皆出冕前后而垂也。天子以五采缫为旒。〇《礼记·玉藻》注文。长尺二寸，天子则齐肩也。〇《礼记·玉藻》注：“天子齐肩。”疏：“旒长尺二寸，天子齐肩，诸侯以下各有差降。”朱绿藻者，夏殷之礼也。〇《礼记·礼器》“朱绿藻”注：“夏殷礼。”五采玉者，青黄赤白黑也。〇《周礼·弁师》疏：“玉有五色，青黄赤白黑。”初以朱，〇《易·困》郑注：“朱深曰赤。”次白，次苍，〇《诗·出其东门》疏：“苍即青。”次黄，次元。〇《夏小正》：“元也者，黑也。”从上而下，周而复始也。〇《礼记·玉藻》疏文。其间相去，盖一寸也，相去之间曰就。〇《周礼·弁师》注：“每就间盖一寸。”疏：“每玉相去一寸。”就者，成也。〇《周礼·弁师》注文。以一玉为一成，结之使不相并也。〇疏文。此天子之冕之饰也。诸侯之冕则珉玉，三采。○《周礼·弁师》文。以三采缫贯三采玉也。○《礼记·王制》疏："诸侯以三采为藻，垂三采玉。"珉，恶玉也。三采者，朱、白、苍也。○《周礼·弁师》注文。先朱，次白，次苍也。○《礼记·玉藻》疏文。

天子之冕掌于司服者，凡六等：裘冕也、衮冕也、鷩冕也、毳冕也、希冕也、元冕也。《弁师》言："五冕者，裘冕无旒，不数也。"○《周礼·弁师》注："大裘之冕无旒，不联数。"

裘冕者，大裘而冕也。大裘者，黑羔裘，示质也。○《周礼·司裘》注文。大裘之上有元衣。○《周礼·司裘》疏引《郑志》文。元衣者，盖祭天之正服也。不曰元衣而冕，而曰大裘而冕者，嫌与元冕无别也。大裘之冕无旒，尚质也。大裘无裼。○《礼记·玉藻》文。礼盛者，不崇小敬也。○疏文。其服之若何？祀昊天上帝于圜丘也，兆五帝于四郊，飨五帝于明堂也。○《周礼·司服》："祀昊天上帝则服大裘而冕，祀五帝亦如之。"《大宗伯》注："昊天上帝，冬至于圜丘所祀。"《太宰》注："祀五帝，谓四郊及明堂。"祭地示于方丘也。○《周礼·大宗伯》疏："方丘象地方。"《司裘》疏："《孝经·钩命决》曰：祭地之礼与天同，牲玉皆不同。言同者惟据衣服，则知昆仑神州亦用大裘。"或曰，祭天始服衮冕，燔柴乃易大裘也。○《家语》："燔柴，脱衮冕，著大裘。"其非天子而服之者上公，为天之尸者也。○《石渠礼论》："周公祭天，太公为尸。"凡尸服所祭者之上服，○《仪礼·士虞礼》注："尸服卒者之上服。"天无上，服裘冕至贵，故服以象之也。从尸服裘冕者，执戈送逆尸之节服氏二人也。○《周礼·节服氏》："郊祀，裘冕二人，执戈，送逆尸，从车。"节服氏从王服，则衮冕。○《周礼·节服氏》："掌祭祀朝觐，衮冕六人，维王之太常。"注："服衮冕者，从王服也。"从诸侯服，则元冕。○《周礼·节服氏》："诸侯则四人，其服亦如之。"疏："诸侯祭宗庙，服元冕。"故亦从尸服裘冕也。尸者，象天也。尊尸者，尊天也。节服氏从王衮冕，从尸裘冕，明天之尸尊于天子也。裘冕者，天子所独也，尔公尔侯不得服也。大裘非古，讥诸侯大夫之僭也。○《礼记·玉藻》注："时大夫犹有大裘。"

衮冕者，衮衣而冕也；衮衣者，画龙于衣也。○《释名》文。天子有升龙降龙。〇《仪礼·觐礼》注文。上公不敢有升龙也。〇《仪礼·觐礼》注:"上公衮,无升龙。"衮之言卷也,龙首,卷首也。〇《左·桓二年》疏文。衮之元者曰元衮,元衣而画以卷龙也。〇《诗·鱼藻》笺文。所画不独龙,龙章为首,故曰衮也。〇约《益稷》疏言之。鷩衣、毳衣,犹是意也。〇《左·昭二十五年》疏:"鷩、毳各是其服章首所画,举其首章以名服尔。"龙章为首者,缋之绣之有九章也。〇《仪礼·觐礼》注:"缋之绣之为九章。"五采会谓之绘。〇《书·益稷》传:"会,会五采也。"绘者,画之衣也。〇《考工记》注:"缋以为衣。"《书·益稷》疏:"画者为绘。"五采备,谓之绣。〇《考工记》文。绣者,刺之裳也。〇《考工记》注:"绣以为裳。"《书·益稷》疏:"刺者为绣。"画者象阳,主轻浮也;刺者象阴,主沉重也。〇《考工记》疏:"衣在上,阳,阳主轻浮,故画之;裳在下,阴,阴主沉重,故刺之。"

九章者,初一曰龙;次二曰山;次三曰华虫;次四曰火;次五曰宗彝,〇《周礼·司服》注文。缋之衣者也;〇《周礼·司服》注:"皆画以为缋。"次六曰藻;次七曰粉米;次八曰黼;次九曰黻,〇《周礼·司服》注文。绣之裳者也。〇《周礼·司服》注:"皆絺以为绣。"衣五章,裳四章也。〇《周礼·司服》注:"衣五章,裳四章,凡九。"衣,阳,从奇数也;裳,阴,从偶数也。〇《周礼·司服》疏文。龙者,取其变化也。〇《周礼·司服》疏:"龙取其能变化。"山者,取其镇重也。〇《左·昭二十五年》疏:"山体镇重。"华虫,取其文章也。〇《左·昭二十五年》疏:"华虫,取其文章。"火者,取其明照也。〇《礼记·王制》疏:"火者,取其明照。"宗彝者,画虎蜼于宗彝,因号虎蜼为宗彝也。虎取其严猛,蜼取其有智也。〇《周礼·司服》疏文。藻者,取其洁清也。粉米,取其生养也。〇《礼记·王制》疏文。黼形若斧,取其裁断也。〇《左·昭二十五年》疏:"黼形若斧,象王者有裁断之德。"黻,两己相背,取其背恶向善也。〇《周礼·司服》疏:"黻,两己相背,取臣民背恶向善。"九章亦曰九文。《左氏》所谓九文、六采、五章,以奉五色是也。

十二章者,唐虞之制也。周以日月星辰画于旌旗,〇《周礼·司服》注文。定冕服为九章也。登龙于山,登火于宗彝,尊其神明也。

○同上。谓之章者,《缋人职》曰"鸟兽蛇,杂四时五色以章之"是也。○《周礼·司服》注文。衮衣之冕,天子缫旒十二,天数也。○《礼记·郊特牲》:"戴冕,璪十有二旒,则天数也。"天之大数,不过十二。○《礼记·郊特牲》注文。天有十二次,制礼者象之也。○《左·哀七年》疏:"天有十二次,制礼象之。"旒十二玉,○《周礼·弁师》注文。前后各十二旒,其玉二百八十八也。○《周礼·弁师》注:"衮衣之冕,用玉二百八十八。"上公缫旒九就,○《周礼·弁师》:"诸侯缫旒九就。"注:"侯当为公。"杀于王也。旒九玉,《礼记·王制》疏:"公九旒,旒皆九玉。"前后各九旒,其玉百六十二也。○《周礼·弁师》注:"公之冕用玉百六十二。"玉相去一寸,则上公之旒九寸也。○《礼记·玉藻》疏:"旒九玉者,长九寸。"

公之服,自衮冕而下如王服也。○《周礼·司服》文注:"自公之衮冕,至卿大夫之元冕,皆其朝聘天子及助祭之服。"其服之若何?天子享先王也。○《周礼·司服》:"享先王则衮冕。"朱干设锡,舞《大武》也。○《礼记·郊特牲》"冕而舞《大武》"注:"此天子之礼。"《明堂位》疏:"冕谓衮冕。"总干,以乐皇尸也。○《礼记·祭统》:"君致斋于外,夫人致斋于内,然后会于太庙。及入舞,君就舞位,冕而总干,以乐皇尸。天子之祭也,与天下乐之。"注:"太庙,始祖庙。"天子嗣位,受册命也。○《书·顾命》"王麻冕"疏:"绩麻三十升布以为麻①,故称麻冕。王麻冕者,盖衮冕也。"朝诸侯也。○《仪礼·觐礼》:"天子衮冕。"亲迎也。○《礼记·哀公问》"冕而亲迎"疏:"天子衮冕。"籍千亩也。○《礼记·祭义》:"天子为籍千亩,冕而朱纮。"《诗·瞻仰》疏:"天子衮冕。"受丹书也。○《礼记·学记》注:"武王践阼,问师尚父黄帝颛顼之道,师尚父曰:'在丹书。'王端冕,师尚父亦端冕,奉书而入。"疏:"端冕者,衮冕也。"有事于卜,进断其志也。○《礼记·祭义》:"易抱龟南面,天子衮冕北面,进断其志焉。"天子大渐,道扬末命也。○《书·顾命》:"甲子,王乃被冕服。"疏:"冕服谓衮冕。"天子大祭祀,上公助祭也。○《礼记·王制》疏:"若助王祭天地、先王、大祀之等。"上公朝于天子也。○《礼记·玉藻》:"诸侯裨冕以

---

① 麻:按《尚书·顾命》原文作"绩麻三十升布以为冕"。此误。

朝。”注:“禅冕:公衮,侯伯鷩,子男毳。”将适天子,出视朝也。○《礼记·曾子问》:“诸侯适天子,冕而出视朝。”注:“诸侯朝天子,必禅冕。禅冕者,公衮,侯伯鷩,子男毳。”疏:“诸侯视朝,元冠,缁衣,素裳。今服禅冕者,为往朝天子,预敬之也。”天子赐舍,○《仪礼·觐礼》文。释币于祢也。○《仪礼·觐礼》:“侯氏禅冕,释币于祢。”注:“禅冕者,衣禅衣而冠冕也。天子六服,大裘为上,其余为禅,而诸侯亦服焉。公衮,侯伯鷩,子男毳,孤绨,卿大夫元。祢,谓行主。释币者,告将觐也。上公亲迎也。○《礼记·哀公问》疏:“冕而亲迎,诸侯各用助祭之服。”奉丹书也。○见上。二王后祭其始祖受命之王也。○《周礼·司服》疏:“二王后惟祭受命王得用衮冕。”《礼记·王制》疏引《驳五经异义》:“二王之后,以天子之礼祭其始祖受命之王。”鲁侯郊天也。○《礼记·郊特牲》:“被衮以象天。”注:“此鲁礼。”祭文王、周公也。○《礼记·明堂位》:“君卷冕立于阼。”《玉藻》疏:“此谓祭文王、周公之庙。”季夏六月,以禘礼祀周公于太庙,舞《大武》也。○《礼记·明堂位》:“冕而舞《大武》。”疏:“冕,衮冕。”褒衣者,冕之最上者也。○《礼记·杂记》疏:“褒衣,冕之最上者。”盖天子加赐之衣,○《礼记·杂记》注:“褒衣,加赐之衣。”非常服也。非天子上公而服衮冕者,天子祭先王,二王后祭其始祖,鲁祭文王、周公,为之尸者也。○《周礼·守祧》疏:“先王之尸服衮冕。”祭祀朝觐,维王太常之节服氏六人也。○见上。衮冕者,天子与上公同之,侯、伯以下不得服也。

鷩冕者,鷩衣而冕也。鷩衣者,一曰鷩,禅衣也。○《周礼·司服》注先郑说。一曰鷩画以雉,谓华虫也。○《周礼·司服》注后郑说。鷩衣七章,华虫以下也。○《周礼·大行人》注:“七章,华虫以下。”[衣]三章[①],裳四章也。○《周礼·司服》注:“衣三章,裳四章,凡七。”鷩衣之冕,天子缫旒九就。○《周礼·弁师》注:“鷩衣之冕,缫九旒。”旒十二玉,前后各九旒,其玉二百一十六也。○《周礼·弁师》注:鷩冕用玉二百一十六。公前后各七旒,旒九玉。○《礼记·王制》疏:“公鷩冕七旒,旒九玉。其玉一百二十

① 原无“衣”字,据文意补。

六也。〇推而知之。侯伯前后各七旒，旒七玉。〇《礼记・王制》疏：“侯伯鷩冕七旒，旒七玉。旒之数同而玉之数不同也，玉之数盖九十八也。〇《周礼・弁师》注：“侯伯用玉九十八。”旒之长则七寸也。〇《礼记・玉藻》疏：“旒七玉者七寸。”侯伯之服自鷩冕而下，如公服也。〇《周礼・司服》文。其服之若何？天子享先公也，大饮宾也，大射也。〇《周礼・司服》：“享先公、飨、射则鷩冕。”注：“先公谓后稷之后，太王之前，不茁至诸盩。飨、射，飨食宾客与诸侯射也。”疏：“射，大射。”《诗・彤弓》笺：“大饮宾曰飨。”天子养老，执干而舞也。〇《礼记・学记》：“食三老五更于太学，冕而总干。”疏：“谓天子亲自著冕，手持干楯而舞。此冕当鷩冕。”天子鷩冕而祭上公，侯伯助祭也。〇《礼记・王制》疏：“从王祭，逐王所著之服，虽有上服，不得逾王也。”侯伯朝于天子也。将适天子，出视朝也。天子赐舍，释币于祢也。诸侯亲迎也。〇俱见上。鲁侯祭鲁公也。〇《周礼・司服》疏：“鲁公宜用鷩冕。”非天子诸侯而服鷩冕者，天子诸侯祭先公，为之尸者也。〇《周礼・守祧》疏：“先公之尸，服鷩冕。”鷩冕者，天子与诸侯伯同之，子男以下不得服也。

毳冕者，毳衣而冕也。毳衣者，一曰毳，罽衣也。〇《周礼・司服》注先郑说。一曰毳画虎、蜼，谓宗彝也。〇《周礼・司服》注后郑说。虎毛浅，蜼毛深，故以毳言之。〇《左・昭二十五年》疏文。毳者，言其杂也。〇《左・昭二十五年》疏：“毳者，乱毛也。”或曰：毳毛，毛细缛者。〇《周礼・掌皮》注文。虎、蜼，浅毛细毳，〇《礼记・王制》疏文。故曰毳也。一曰毳，芮也。画藻文于衣，象水草之毳芮，温暖而洁也。〇《释名》文。毳衣五章，宗彝以下也。〇《周礼・大行人》注：“五章，宗彝以下。”衣三章，裳二章也。〇《周礼・司服》注：“衣三章，裳二章，凡五。”衣三章者，藻与粉米，登之衣也。〇《周礼・司服》疏：“粉米不可画，毳冕之粉米亦刺之。”毳衣之章画以二，绣以一也。毳衣之冕，天子缫旒七就。〇《周礼・弁师》注：“毳衣之冕七旒。”旒十二玉，前后各七旒，其玉百六十八也。〇《周礼・弁师》注：“毳冕用玉百六十八。”诸侯毳冕前后各五旒，公侯伯子男同也。〇《礼记・王制》疏：“公毳冕五旒，侯伯鷩冕以下与公同，子男毳冕五旒。”

上公旒九玉，用玉九十也。侯伯旒七玉，用玉七十也。○推而知之。子男旒五玉，○《礼记·王制》疏："子男毳冕旒五玉。"用玉五十也。○《周礼·弁师》注："子男用玉五十。"子男之旒则五寸也。子男之服自毳冕而下如侯伯服也。○《周礼·司服》文。其服之若何？天子祀四望也，祭山川也。○《周礼·司服》："祀四望、山川则毳冕。"《大宗伯》注："郑司农云：四望，日月星海。元谓：四望，五岳、四镇、四渎。"天子毳冕而祭，五等诸侯助祭也。子男朝于天子也。将适天子，出视朝也。天子赐舍，释币于祢也。子男亲迎也。○俱见上。子男入为天子大夫，巡行邦国也。○《诗·大车》笺："子男入为天子大夫，毳冕以巡行邦国。"毳冕者，天子与五等诸侯同之，孤以下不得服也。

希冕者，希衣而冕也。希读为絺。希刺粉米，无画也。衣一章，裳二章也。○《周礼·司服》注文。衣一章者，刺粉米于衣也。○《周礼·司服》疏："粉米不可画，今虽在衣，亦刺之。"粉米，地物；社稷，阴祀。故刺而不画也。○约《礼记·王制》疏言之。希衣之冕，天子缫旒五就。○《周礼·弁师》注："希衣之冕五旒。"旒十二玉，前后各五旒，其玉百二十也。○《周礼·弁师》注："希冕用玉百二十。"五等诸侯，前后各皆三旒。○《礼记·王制》疏："公希冕三旒，侯伯鷩冕，以下子男毳冕，以下与公同。"上公旒九玉，用玉五十四也。侯伯旒七玉，用玉四十二也。子男旒五玉，用玉三十也。○皆推而知之。自公至于子男，缫之就递杀也；玉之数递减也。而以三采缫贯三采玉，则自公至于子男一也。○《周礼·弁师》注："缫、玉皆三采。"次于子男者，曰四命之孤，先郑所谓九命上公得置孤卿一人是也。○《周礼·典命》注。孤之服，自希冕而下，如子男服也。○《周礼·司服》文。孤之希冕，缫四就，用玉三十二。○《周礼·弁师》注文。盖前后八旒，旒各四玉也。诸侯三旒，孤四旒者，盖五等诸侯各有上服，孤则以希冕为上服也。孤之旒则四寸也。其服之若何？天子祭社稷也，祭五祀也。○《周礼·司服》："祭社稷、五祀则希冕。"天子以命大国之孤也。○《左·宣十六年》传："晋侯请于王，以黻冕命士会将中军，且为太傅。"疏："黻冕，希冕也。"天子希冕而祭，五等诸侯及上公之孤助祭也。上公之孤朝聘于天子也。助其君衮冕之祭也。○《礼记·杂记》疏:"王者之后,及鲁之孤助祭,用希冕。"上公之孤亲迎也。○《仪礼·士昏礼》疏:"助祭之服亲迎,摄盛。孤希冕,卿、大夫元冕。"希冕者,天子与诸侯及上公之孤同之,卿、大夫以下不得服也。

元冕者,元衣而冕也。元者,衣无文,裳刺黻,故谓之元也。○《周礼·司服》注:"衣无文,裳刺黻,是以谓元。"疏:"祭服本是元,今以元为名,明衣上无画也。"元冕亦谓之大采,《国语》:"大采朝日。"韦曰:"元冕是也。"元衣之冕,天子缫旒三就。○《周礼·弁师》注:"元衣之冕三旒。"旒十二玉,前后各三旒,其玉七十二也。○《周礼·弁师》注:"元冕用玉七十二。"五等诸侯元冕无旒。○《礼记·王制》疏:"公元冕无旒,侯伯子男与公同。"孤如子男之服,则与五等诸侯同也。三命之卿缫三就,用玉十八。○《周礼·弁师》注文。盖前后六旒,旒各三玉也。再命之大夫缫再就,用玉八。○《周礼·弁师》注文。盖前后四旒,旒各二玉也。元冕者,卿、大夫之上服也,故诸侯与公之孤无旒,而卿、大夫有旒也。卿、大夫之服自元冕而下如孤服也。○《周礼·司服》文。或曰:无孤之卿希冕,大夫元冕。○《礼记·王制》疏文。盖国无孤,卿以次上僭,非定礼也。一命之大夫冕而无旒。○《周礼·弁师》注文。盖一旒一玉,不足以为华美也,故无旒也。○《周礼·弁师》疏:"冕旒所以为文饰,一命若有,止一旒一玉,非华美。自孤至于再命之大夫,缫玉皆朱绿二采。○《周礼·弁师》注:"藻玉皆朱绿。"不敢同五等诸侯也。其服之若何?天子朝日也。○《礼记·玉藻》:"天子元端而朝日于东门之外。"注:"'端'当为'冕'。"《王制》疏:"日月虽尊,天神从质,故亦元冕。"祭群小祀也。○《周礼·司服》:"祭群小祀则元冕。"注:"群小祀,林泽、坟衍、四方、百物之属。"疏:"天之小祀则司中、司命、风师、雨师。"祭殇也。○《周礼·酒正》疏:"马融以为宗庙小祭,谓祭殇也。祭殇亦用元冕。"冠子筮日也。○《仪礼·士冠礼》疏:"天子与子加冠,元冕筮日。"天子与其臣视朔也。○《仪礼·士冠礼》注:"天子与其臣元冕以视朔。"天子大渐,道扬末命也。○《书·顾命》疏:"郑以为元冕。"天子元冕而祭,五等诸侯及孤、卿、大夫助祭也。三命之卿,再命之大夫，朝聘于天子也。大丧，大夫执刘、执钺、执戣、执瞿、执锐以卫殡也。○《书·顾命》："一人冕，执刘，立于东堂；一人冕，执钺，立于西堂；一人冕，执戣，立于东垂；一人冕，执瞿，立于西垂；一人冕，执锐，立于侧阶。"《传》："卫殡。"诸侯始冠，四加也。○《大戴礼》："公冠四加，元冕。"诸侯自祭其先君之庙也。○《周礼·司服》注："诸侯元冕，而祭于己。"总干以乐皇尸也。○《礼记·祭统》："冕而总干，以乐皇尸，诸侯之祭也，与竟内乐之。"籍田也。○《礼记·祭义》："诸侯为籍百亩，冕而青纮。"《诗·瞻印》疏："诸侯元冕。"孤、卿、大夫助祭于君也。○《礼记·杂记》："大夫冕而祭于公。"疏："孤助祭，元冕，不逾君服也。"卿、大夫亲迎也。○见上。诸侯祭祀朝觐，维旌者节服氏四人也。○见上。君薨，世子生，太祝奉束帛告于先君也。三日，太宰、太宗、太祝奉子见于先君也。○《礼记·曾子问》："太祝裨冕。"又曰："太宰、太宗、太祝皆裨冕。"注："诸侯、卿、大夫所服。裨冕，希冕、元冕也。太祝裨冕，则大夫。"元冕者，天子与五等诸侯及孤、卿、大夫同之，士以下不得服也。

五冕之通称曰裨冕。裨冕者，自衮以下皆是，○《周礼·司服》疏文。各施于应服之服也，所谓公衮、侯伯鷩、子男毳、孤希、卿大夫元是也，亦曰纯冕，○《礼记·祭统》："君纯冕立于阼。"纯缁也。缁者，缯色也，祭服上元，故通云纯冕也。○《礼记·祭统》注："纯以见缯色。"疏："纯亦缁也，冕服上元下缯，故通云纯冕。"亦曰元冕，犹是意也。○《礼记·郊特牲》疏："五冕，色俱元，故总称元冕。"亦曰麻冕。○《论语》"麻冕"。绩麻三十升布以为冕，故曰麻冕也。○《书·顾命》疏文。此皆五冕之统称也。

六冕皆有中衣。中衣者，冕服之里衣也，为之者素也。○《礼记·郊特牲》疏："中衣，谓以素为冕服之里衣。"《周礼·染人》疏："素即绢也。"《郊特牲》所谓绣黼丹朱者，绣缯也。黼，刺缯为黼文也。丹朱，染缯为赤色也。盖以绣黼为领，丹朱为缘也。○约《礼记·郊特牲》注疏言之。

中衣之上有裘。○《礼记·玉藻》疏："先以明衣亲身，次加中衣，次加裘，夏则加葛。"六冕皆有裘也。○《礼记·玉藻》疏熊氏说。天子、诸侯狐青也，大夫杂以豹褎也。○《礼记·玉藻》注："狐青裘，盖元衣之裘。"疏："谓六冕及爵弁也。君用纯狐青，大夫杂以豹褎。”狐青裘者，《周礼》所谓功裘也。《周礼》“司裘”注：“功裘，人功微粗，谓狐青麛裘之属也。其裼，○《太平御览》六百九十四引《五经要义》：“古者，著裘于内，以缯衣覆之，乃加以朝服。袒其朝服见裘里，裼衣谓之裼。”则元绡衣也。○《礼记·玉藻》：“元绡衣以裼之。”注：“绡，绮属，染之以元。”疏：“裘上加裼衣，狐青裘用元衣为裼，于裘色相近。”一曰，六冕之裘，皆黑羔裘也。○《礼记·玉藻》疏刘氏说。司服祭天，大裘之外，更不言裘，知之也。○约《礼记·玉藻》疏言之。一曰，六冕无裘，先加明衣，次加中衣，冬则次加袍茧，夏则用葛，次加祭服，○《礼记·玉藻》疏皇氏说。无裘也。三说参错，孔氏以狐裘之说为正也。○《礼记·玉藻》疏熊氏之说逾于二家。盖先著中衣，次加狐裘，次加裼衣，乃加冕服也。

凡冕服皆元衣纁裳。○《周礼·司服》注文。元纁者，天地之色，以为祭服。○《周礼·染人》注文。《祭义》所谓元黄之者是也。天谓之元，地谓之黄。○《考工记》文。易黄以纁者，土无正位，托位南方。南方，火也。火色赤，赤与黄谓之纁。○约《周礼·染人》疏言之。故易黄以纁也。一曰，黄色太质，故用纁也。○《礼记·王制》疏文。裳，障也，所以自障蔽也。○《释名》文。盖前三幅，后四幅也。○《仪礼·丧服记》注文。取其文则曰黼裳，○《书·顾命》疏：“黼黻有文，故特言之。”裳不独黼，而曰黼裳，犹衣不独衮，而曰衮衣也。取其正则曰帷裳。○《左·昭元年》疏引《论语》郑注：“帷裳谓朝祭之服，其制正幅如帷。”朝祭之裳有辟绩无杀缝，余服之裳有杀缝无辟绩也。○约《论语》朱子《集注》言之。彤裳即纁裳，蚁裳盖元裳。○《书·顾命》传：“彤，纁也。蚁裳，色元。”《顾命》有“彤裳”、“蚁裳”者，盖与祭不与祭之别也。○《书·顾命》：“卿士、邦君，麻冕蚁裳。太保、太史、太宗，皆麻冕彤裳。”疏：“卿士、邦君无事，不可全与祭同，改其裳以示变于常也。太保、太史有所主者，则纯如祭服，暂从吉。”

下服曰裳，○《诗·葛屦》笺：“裳，男子之下服。”下体之上曰带。○《仪礼·士虞礼·记》注：“带，下体之上。”带者，所以束衣也。○《诗·有狐》传：“带，所以申束衣。”天子素带朱里。○《礼记·玉藻》文。带之束者垂者，终竟带身，皆以缯采裨之。裨之者，饰之也。《玉藻》所谓终辟也。○《礼记·玉藻》注："辟读如裨，裨谓以缯采饰其侧。"疏："天子终竟带身，在要在垂皆裨，故云终辟。"诸侯不朱里，余与天子同也。○《礼记·玉藻》疏："诸侯以素为带，不以朱为里，亦用朱绿终辟。"饰之者，○《礼记·玉藻》"杂带"注："杂，犹饰也，即上之裨也。"上以朱，下以绿也。○《礼记·玉藻》注文。大夫裨其纽及末。○同上。不终裨之杀于君也。饰之者外以元，内以华。华，黄色也。○《礼记·玉藻》注文。带之垂者曰绅，其长盖三尺也。○《礼记·玉藻》："绅长制：士三尺。"注："绅，带之垂者。"带之交结之处曰纽，穿纽以结其带者曰约。○《礼记·玉藻》疏："纽，谓带之交结之处。约者，谓以物穿纽，约结其端。"纽、约皆以组为之，其阔盖三寸也，其长则齐于带也。○《礼记·玉藻》："并纽约用组三寸，长齐于带。"疏："并，并也。组约之组阔三寸。"带有二：大带所以束衣，革带所以佩韠。○《仪礼·士冠礼》疏文。绅、韠、结，○《礼记·玉藻》疏："结谓纽约。"皆长三尺，《玉藻》所谓"三齐"也。

韨，冕服之韠也。○《礼记·明堂位》注文。韨与韠，其制同。○《诗·采菽》疏："韨、韠俱是蔽膝，其制同。"尊祭服，异其名也。○《礼记·玉藻》注："尊祭服，异其名耳。"韨者，以韦为之。《诗·采菽》笺："芾，以韦为之。"上古以韦蔽前后，王既制衣裳，存其遗象也。○《诗·采菽》疏引《乾凿度》注："古者田渔而食，因衣其皮。先知蔽前，后知蔽后。后王易之以布帛，而犹存其蔽前者，重古道，不忘本。"上广一尺，下广二尺，法天一地二也。长三尺，法天地人也。○《白虎通》文。天子直，○《礼记·玉藻》文注："四角直，无圜，杀。"公侯前后方。○同上注："杀四角使之方。"大夫前方，后挫角。○同上注："圜其上角。韠以下为前，以上为后。"别尊卑、异其制也。冕服之韨，天子纯朱，诸侯黄朱。○《诗·斯干》笺文。三命、再命，赤。○《礼记·玉藻》："再命赤韨幽衡，三命赤韨葱衡。"韨象裳色。○《礼记·玉藻》注："凡韠，必象裳色。"以色之浅深示别也。○《礼记·玉藻》疏："黄朱色浅，赤色又浅。"天子三章，龙也、火也、山也；诸侯二章，火也，山也；卿、大夫一章，山也。○《礼记·明堂位》："有虞氏服韨，夏后氏山，殷火，周龙章。"注：

“天子备焉，诸侯火而下，卿、大夫山。”此六冕之服之黼也，非冕服，名韠不名韨也。

天子冕有六等，舄则三等。舄者，屦之重底者也。○《周礼·屦人》注：“复下曰舄。”疏：“下，谓底。复，重底。”赤舄者，舄之最上者也，六冕之服之舄也。○《周礼·屦人》注：“舄有三等，赤舄为上，冕服之舄。”舄象裳色。○《周礼·屦人》注：“屦舄各象其裳之色。”六冕之裳同色，故以一舄配也。○《周礼·屦人》疏：“冕服有六，其裳同，故以一舄配之。”天子与诸侯、卿、大夫同也。○《周礼·屦人》注：“赤舄，诸侯与王同。”《左·桓二年》疏：“卿、大夫服冕，亦赤舄。”孤、卿、大夫有命舄，无命屦。凡屦，皆功屦也。○《周礼·屦人》疏：“大夫以上有命舄，无命屦，皆以赤舄为命舄。功屦则白屦、黑屦。”赤舄亦曰金舄，金舄黄朱色，○《诗·车攻》笺文。加金为饰也。○《诗·车攻》疏文。舄之饰，絇也、繶也、纯也。○《周礼·屦人》注：“舄有絇有繶有纯者，饰也。言繶必有絇纯，言絇亦有繶纯，三者相将。今云赤繶、黄繶、青絇，杂互言之。”絇以绦为鼻也，纯以绦为口缘也，繶缀绦于牙底相接之缝中也。○约《周礼·屦人》疏言之。饰赤舄者黑絇、黑繶、黑纯也。○《周礼·屦人》注：絇、繶、纯同色。凡舄之饰，如缋之次也。○《周礼·屦人》注文。如缋之次者，《考工记》所谓赤与黑相次也。南北相对，尊祭服也。○《周礼·屦人》疏文。天子诸侯，惟服冕者著赤舄也。○《周礼·屦人》注：“天子诸侯惟服冕著舄耳。”凡服，皆以冠冕表衣，言衣先言冕，○《周礼·大行人》注文。故释冕兼及释衣也。带所以束衣也，韨也舄也皆所以配冕者也，故一一释之也。

《书·顾命》：“王乃被冕服。”郑以为元冕，孔以为衮冕。今两存之。余仿此。○自记。

释　弁

冕前俛后仰，弁前后平。○《仪礼·士冠礼》疏：“弁前后平。”取其俛则曰冕，取其平则曰弁也。弁名出于槃。槃，大也，言所以自光大也。

○《仪礼·士冠礼》注文。或言，弁之为言攀也，所以攀持其发也。○《白虎通》文。或曰，弁如两手相合抃时也。○《释名》文。

弁有五等：韦弁也、皮弁也、冠弁也、服弁也、弁绖也。盖《司服》之所列也。《司服》不列爵弁者，爵弁非天子吉服也。○约《周礼·司服》疏言之。冕之饰曰旒，弁之饰曰璂。○《周礼·弁师》："王之皮弁，会五采玉璂。"冕之旒，垂于前后；弁之璂，结于缝中也。○《周礼·弁师》注："皮弁之缝中，每贯结五采玉十二以为饰。"缝中谓之会。会者，聚也。璂者，结也。○《周礼·弁师》注："会，缝中也。璂读如綦，綦，结也。"疏："会，取会聚之义。"盖五采结饰，会聚缝中也。璂之饰，天子十二玉，玉五采也；上公九，○推而知之。侯伯七，子男五，玉三采也。○《周礼·弁师》注："韦弁、皮弁，侯伯璂饰七，子男五，玉三采。"天子之卿六。○《诗·淇澳》疏文。天子大夫公之孤四。○《诗·淇澳》疏："大夫璂饰四。"《周礼·弁师》注："孤，璂饰四。"三命之卿三，再命之大夫二，玉二采也。○《周礼·弁师》注文。皮弁、韦弁、冠弁一也。○《周礼·弁师》注："冠弁兼于皮弁、韦弁矣。"所以柢弁者曰邸，为之者象骨也。○《周礼·弁师》"象邸"注："邸，下柢也，以象骨为之。"士不得有璂饰，○《周礼·弁师》注："士，韦弁皮弁之会，无结饰。"且不得有象邸也。○《仪礼·士冠礼》注："士之皮弁，无玉象邸饰。"所以簪弁者曰笄，○《周礼·弁师》"玉笄"。天子诸侯以玉，大夫以象，士以骨也。○《三礼图》引阮谌说。有笄者屈组，以垂为饰者曰纮。○见《释冕》注。大夫士以缁组为纮，纁为边也。○《礼记·礼器》注："大夫士缁组纮，纁边。"《仪礼·士冠礼》注："纁边，组侧赤也。"此天子至士弁饰之等差也。

爵弁者，制如冕，其色赤而微黑，如爵头然，○《仪礼·士冠礼》注文。故曰爵弁，一曰雀弁。○《书·顾命》"雀弁"。雀即爵也。爵弁以木为体，犹有冕之遗制存也。○《仪礼·士冠礼》疏："凡冕以木为体，爵弁制同。"爵弁者，冕之次，○《仪礼·士冠礼》注文。而弁之最上者也。爵弁之服，元衣、纁裳、○《诗·丝衣》疏文。缁带、韎韐、纁屦、黑绚缋纯也。○《仪礼·士冠礼》文。爵弁尊，屦饰以缋次也。○《仪礼·士冠礼》注文。

士以纁屦为命屦，其余皆功屦也。○《周礼·屦人》疏："士之命服：爵弁；命屦：纁屦。"元衣亦曰纣衣，○《诗》"瞻彼洛兮"笺："纣衣，纁裳。"纣衣，丝衣也。○疏文。言其丝则曰纣衣，言其色则曰元衣也。缁带者，以缁裨带之末。○《礼记·玉藻》注："士裨其末，外内皆以缁，是谓缁带。"衣与带同色也。○《仪礼·士冠礼》注文。韎韐者，祭服之韠。○《诗》"瞻彼洛兮"笺文。《玉藻》所谓"一命缊韨"是也。○《礼记·玉藻》注："缊，赤黄之间色，所谓韎也。"韎，浅赤色也。合韦为之。○《仪礼·士冠礼》注文。故名韐也。○疏文。非爵弁不名韎韐也。爵弁之裘，绡衣以裼，盖与六冕同也。○见《释冕》注。服爵弁服者，天子哭诸侯也。○《礼记·檀弓》："天子之哭诸侯也，爵弁绖纣衣。"注："绖，衍字。"承天变也。○《书·金縢》："天大雷电以风，王与大夫尽弁。"疏："郑以为爵弁，承天变降服也。"诸侯衅庙，宗人请命，宰夫摄主，雍人拭羊也。○《礼记·杂记》："成庙衅之，宗人、宰夫、雍人皆爵弁纣衣。"又曰："雍人拭羊。"注："宗人先请命，君诺之，乃行。宰夫，摄主。"上公之孤、天子四命大夫自祭家庙也。○《周礼·司服》注："大夫爵弁，自祭家庙，唯孤尔。"疏："天子大夫四命，亦以爵弁自祭。"士助祭于天子诸侯也，○《诗·丝衣》笺："爵弁而祭于王，士服也。"《仪礼·士冠礼》"爵弁"注："此与君祭之服。"亲迎也。○《仪礼·士昏礼》"主人爵弁、纁裳"注："主人壻也。"大丧，士执惠以卫殡也。○《书·顾命》："二人雀弁执惠。"诸侯祭先祖，为士者为之尸者也。○《礼记·曾子问》"尸弁冕而出"注："为君尸或弁者，先祖或有为大夫士者。"疏："君之先祖有为士者，子孙祭之，尸服爵弁。"士冠子三加也。○士冠，三加爵弁。此爵弁之服之制及服之之事也。

韦弁服者，以浅赤之韦为弁也。○《诗·六月》疏引《杂问志》以浅赤韦为弁。《仪礼·聘礼》疏："有毛则曰皮，去毛熟治则曰韦。"韦弁之服，其说有三：以赤色之布为衣，而配以素裳，一也；○《仪礼·聘礼》注："其服盖韎布以为衣而素裳。"以赤色之韦为衣，而配以素裳，二也；○《周礼·司服》疏引《杂问志》："以韎韦为衣而素裳。"以赤色之韦为衣，又以为裳，三也。○《周礼·司服》注："韎韦为弁，又以为衣裳。"盖韎韦之弁，韎韦之衣，韎韦之裳，纯乎兵服也。韎布素裳，韎韦素裳，不纯乎兵服也。若韦弁朱衣朱裳，则天子命将之服，非常服也。○《诗·采芑》笺："天子韦弁，服朱衣裳。"疏："命将也。"其舄则白舄、青絇繶纯也。○《周礼·屦人》注："青絇者，白舄之饰。"疏："白舄配皮弁韦弁。"盖与素裳同色，不与韎裳同色也。韦弁以上，其服皆丝衣也。○《礼记·玉藻》注："冕服，丝衣也。"《诗·丝衣》疏："爵弁服，以丝为之。"中衣则以素也。○《礼记·深衣》疏："爵弁，中衣用素。"韦弁而下，其服皆麻衣也，中衣则以布也。○《礼记·玉藻》注："皮弁朝服，元端麻衣也。中衣用布。"案韦弁与皮弁同。此冕弁之差也。韦弁之裘无文，䴡裘誓省。○《礼记·玉藻》注："䴡裘，以羔与狐白杂为䴡文，'省'当为'狝'，'狝'，秋田也。"或者施之韦弁也。或曰，黄衣，狐裘也。以"臧之狐裘"书之，狸制推而知也。○约《诗·羔羊》疏言之。服韦弁服者，天子季秋大猎也。○《礼记·月令》："季秋，天子乃厉饰，执弓挟矢以猎。"注："厉饰谓戎服。"疏："戎服者，谓韦弁服也。"诸侯秋狝冬狩也。○《礼记·王制》疏："诸侯田猎亦韦弁。"《月令》疏："熊氏云：秋冬之田，韦弁服。"邻国聘问，卿受君命归饔饩也。○《仪礼·聘礼》："君使卿韦弁归饔饩。"下大夫受夫人命，归礼也。○《仪礼·聘礼》："夫人使下大夫韦弁归礼。"下大夫致上介饔饩也。○《仪礼·聘礼》："上介饔饩，下大夫韦弁致之。"上介受饔饩也。○《仪礼·聘礼》："上介韦弁以受。"大夫受君命，献捷盟主也。○《左·襄二十五年·传》："郑子产献捷于晋，戎服将事。"疏："兵事，韦弁服。"凡兵事皆韦弁服也。○《周礼·司服》文。此韦弁之服之制及服之之事也。

皮弁者，以白鹿皮为冠也。○《仪礼·士冠礼》注文。皮弁之服，其布十五升。○《仪礼·士冠礼》注："皮弁之衣，用布十五升。"素衣、素裳，○《仪礼·士冠礼》注："以素为裳。"疏："皮弁之服用白布，衣与冠同色。"缁带、素韠、○《仪礼·士冠礼》文。白屦、缁絇繶纯。○同上。士不得著舄也。○《左·桓二年》疏："卿大夫服冕，赤舄，余服则屦，士皆著屦。"屦之饰，如绣之次。○《周礼·屦人》注文。白屦则黑饰也。○《周礼·屦人》注："白屦黑饰。"天子诸侯则白舄、青絇繶纯也。○见上。士之服，自皮弁而下如大夫服也。○《周礼·司服》文。皮弁之青黑色者，曰綦弁。○《书·顾命》:“四人綦弁。”疏:“郑云,青黑曰綦。”綦弁即皮弁,色少异也。新王即位,所特设也。○《诗·鸤鸠》疏:“《礼》无骐弁而《顾命》有之者,新王即位,特设之。”皮弁之裘,狐白锦衣者,天子视朝也。○《诗·终南》传:“狐裘,朝廷之裘。”疏:“白狐皮为裘,其上加锦衣以为裼,其上又加皮弁服。”诸侯入朝天子也,归国告庙也,○《礼记·玉藻》疏:“在朝君臣同服,诸侯于天子之朝亦狐白锦衣,朝天子归,亦锦衣狐裘告庙。”狐白素衣者,卿大夫入朝天子也。○《礼记·玉藻》疏:“诸侯卿大夫亦狐白裘,用素衣为裼。”素衣麛裘者,诸侯在国视朔,及受邻国聘享也。○《礼记·玉藻》疏:“诸侯在国视朔,及受外国聘享,素衣麛裘。”麛裘、绞衣、青豻褎者,卿大夫从君视朔也。○《论语》:“素衣麑裘。”《诗·羔羊》疏引郑注:“诸侯视朔之服,其臣皆青豻褎,绞衣为裼。”出聘邻国也。○《仪礼·聘礼》疏:“聘礼君臣,同服麛裘。君用素衣为裼,使臣用绞衣为裼。”此皮弁之裘也。凡寒暑之服,冬则裘,夏则葛也。○《仪礼·士冠礼》注文。服皮弁服者,天子视内外朝也。○《周礼·司服》:“眡朝则皮弁服。”注:“视朝,视内外朝。”奏乐而食也。○《礼记·玉藻》:“皮弁以日视朝,遂以食。日中而餕,奏而食。”注:“奏,奏乐。”燕同姓也。○《诗·頍弁》疏:“天子燕服有二:燕同姓用皮弁。”宾射、燕射也。○《礼记·王制》疏:“宾射、燕射亦皮弁。”郊祭,听奏报也。○《礼记·郊特牲》:“皮弁以听奏报。”祭八蜡也。○《礼记·郊特牲》:“天子大蜡八,皮弁、素服而祭。”应天变也。○《书·金縢》传:“皮弁质服以应天。”侯氏入朝,大行人受天子命,用璧郊劳也。○《仪礼·觐礼》:“至于郊,王使人皮弁,用璧劳。”注:“郊劳者,大行人。”侯氏迎郊劳者于帏门外也。○《仪礼·觐礼》:“侯氏皮弁,迎于帏门之外。”诸侯听朔于太庙也。○《礼记·玉藻》:“皮弁以听朔于太庙。”诸侯自相朝聘也。○《周礼·司服》注:“诸侯自相朝聘,皆皮弁服。”邻国聘问迎宾也。○《仪礼·聘礼》:“公皮弁迎宾于大门内。”大射、宾射也。○《礼记·射义》疏:“诸侯大射在郊学,皮弁;宾射在国,亦在朝,与天子同。国外相会则在竟,亦皮弁服。”朔月、月半,巡牲也。○《礼记·祭义》:“君皮弁、素积,朔月,月半,君巡牲。”大昕之朝,卜蚕妾也。○《礼记·祭义》:“及大昕之朝,君皮弁、素积,卜三宫夫人、世妇之吉者,使入蚕于蚕室。”吊他国之臣也。

○《礼记·丧服小记》:"诸侯吊必皮弁锡衰。"《周礼·司服》注:"他国之臣则皮弁。"诸侯冠子筮日也。○《仪礼·士冠礼》疏:"诸侯与子加冠,服皮弁以筮日。"鲁侯禘周公、舞大夏也。○《礼记·明堂位》:"皮弁、素积,裼而舞大夏。"天子、大夫受天子命,祭先圣先师也。○《礼记·学记》"皮弁祭菜"注:"祭菜,礼先圣先师。"疏:"天子使有司服皮弁,祭先圣先师。"天子、大夫,自祭家庙也。○《礼记·王制》疏:"天子、大夫,皮弁自祭。"诸侯之卿、大夫、士,从君视朔也。○《仪礼·士冠礼》注:"诸侯与其臣,皮弁以视朔。"邻国聘问,下大夫受命讶宾也。○《仪礼·聘礼》:"讶宾于馆。"注:"此讶下大夫也,亦皮弁。"既聘,卿受命还玉也。○《仪礼·聘礼》:"君使卿皮弁,还玉于馆。"大夫出聘邻国,陈币也,致命也,授玉也。○《仪礼·聘礼》:"宾皮弁,聘至于朝。宾入于次,乃陈币。又曰,宾致命。又曰,宾负序。"注:"以执圭将进授之。"既聘,受饔饩也。○《仪礼·聘礼》:"君使卿归饔饩,宾皮弁迎于外门外。"受还玉也。○《仪礼·聘礼》:"君使卿还玉,宾皮弁,袭,南面受玉。"既飨,拜赐也。○《仪礼·聘礼》:"明日,宾拜于朝,亦皮弁服。"大丧,士执戈以卫殡也。○《书·顾命》:"四人綦弁执戈。"士冠子,再加也。○士冠,再加皮弁。占者为大夫卜宅与葬日也。○《礼记·杂记》:"大夫卜宅与葬日,占者皮弁。"疏:"卜葬地。"此皮弁之服之制,及服之之事也。

冠弁者,委貌也。○《周礼·司服》注:"冠弁,委貌。"或谓委貌为元冠,委犹安也,言所以安,正容貌也。○《仪礼·士冠礼·记》注文。言其安正容貌,则曰委貌;言其色则曰元冠也。○《仪礼·士冠礼》疏:"委貌,见其安正容貌;元冠,见其色。实一物也。"元冠者,以黑缯为冠也。○《礼记·缁衣》疏:"元冠,用黑缯为之。"元冠之服有二:曰元冠朝服,曰元冠元端,一冠冠两服也。○《仪礼·特牲馈食礼》疏:"元冠,一冠冠两服。"朝服之服,元冠、缁衣、素裳、○《礼记·王制》疏:"诸侯、卿、大夫、士以元冠、缁衣、素裳为朝服。"缁带、素韠、白屦,○《仪礼·乡饮酒礼记》注文。盖君臣上下同服也。○《礼记·王制》疏:"凡在朝,君臣上下同服。"朝服有缁韠者。○《仪礼·特牲礼》:"朝服元冠、缁带、缁韠。"私家助祭不敢纯乎朝服也,杞以元、宋以缟,夏殷之制也。○《礼记·王制》注:"朝服以缟,僭宋之礼。”疏：“宋朝服以缟，杞当朝服以元。”或曰：畿内诸侯以缁衣，畿外诸侯以元衣也。○《礼记·玉藻》疏：“皇氏云：畿内诸侯朝服用缁衣，畿外用元衣。”朝服之裘，缁衣羔裘者，天子以田猎，○《诗·羔羊》疏：“天子田猎，羔裘缁衣。”诸侯以视朝也。○《论语》郑注：“缁衣羔裘，诸侯视朝之服。”羔裘豹袪者，卿大夫从君视朝也，○《诗·羔羊》疏：“卿大夫朝服亦羔裘，唯豹袪与君异耳。”助君朝服之祭也。○《礼记·玉藻》疏：“《论语》注云：缁衣，祭于君之服者，谓助君祭，朝服而祭也。”虎裘，君之右；狼裘，君之左也。○《礼记·玉藻》：“君之右，虎裘；厥左，狼裘。”《坊记》注：“仆右恒朝服。”疏：“朝服之内有虎裘、狼裘。”服朝服之服者，天子燕诸侯也。○《诗·頍弁》笺：“天子诸侯朝服以晏。”燕射也。○《周礼·司服》疏：“天子燕射，朝服。”诸侯视朝也，退食也。○《礼记·玉藻》：“诸侯朝服，以日视朝于内朝。”又曰：“朝服以食。”世子生，命名也。○《礼记·内则》：“世子生，君朝服名之。”衅庙毕，听反命也。○《礼记·杂记》：“衅庙毕，反命，君朝服。”诸侯命使聘问邻国，授书币也。○《仪礼·聘礼》：“君朝服，史读书展币，宰执书授使者。”授圭也。○《仪礼·聘礼》：“君朝服，宰执圭授使者。”诸侯燕群臣也。○《仪礼·燕礼记》：“燕，朝服于寝。”郑《目录》云：“诸侯无事，与群臣燕饮以乐之。”邻国小聘，公食大夫迎宾也。○《仪礼·公食大夫礼》：“宾朝服，公如宾服，迎于大门。”郑《目录》云：“国君以礼食小聘大夫之礼。”卿大夫从君视朝也。○《仪礼·特牲礼》注：“朝服者，诸侯之臣与其君日视朝之服。”莫夕于君也。○《仪礼·士冠礼》疏：“卿大夫夕有事，须见君，亦朝服。”使人君所也。○《礼记·曲礼》：“使人于君所，必朝服而命之。”乘路马也。○《礼记·曲礼》：“乘路马，必朝服。”世子生，士负子也。○《礼记·内则》：“世子生，卜士负之，吉者宿斋，朝服。”邻国聘问，卿受君命郊劳也。○《仪礼·聘礼》：“宾至近郊，君使卿朝服，用束帛劳。”宾至馆，宰夫设飧也。○《仪礼·聘礼》：“卿致馆，宰夫朝服设飧。”既聘，宰夫致士介牢礼也。○《仪礼·聘礼》：“士介四人皆饩太牢，宰夫朝服，牵牛以致之。”君飨宾。○《仪礼·聘礼》：“公于宾，一食，再飨。”公食大夫。○《仪礼·公食大夫礼》注：“食小聘大夫。”若不亲食，大夫受命致牢礼也。○《仪礼·聘礼》：“若不亲食，使大夫朝服致之。”疏：“生致其牢。《礼·

公食大夫礼》:“若不亲食,使大夫朝服致之。”大夫相食,若不亲食,同爵者受君命致牢礼也。○《仪礼·公食大夫礼》:“大夫相食,若不亲食,则公作大夫朝服致之。”注:“作,使也。大夫有故,君必使其同爵者为之致礼。”既聘问卿,主国之卿受于祖庙也。○《仪礼·聘礼》:“宾朝服问卿,卿受于祖庙,朝服。”大夫受命出聘,夕币也。○《仪礼·聘礼》:“及期,夕币,使者朝服。”释币于祢也。○《仪礼·聘礼》:“宾朝服,释币于祢。”注:“宾,使者。”未入竟,习仪也。○《仪礼·聘礼》:“未入竟,壹肆,朝服。”注:“肆,习也,习聘之威仪。”入竟,及郊,及馆,展币也。○《仪礼·聘礼》:“入竟,布幕,宾朝服展币。及郊,又展如初。及馆,展币如初。”既聘,君归饔饩,礼辞也。○《仪礼·聘礼》:“君使卿归饔饩,宾朝服礼辞。”士介受牢礼也。○《仪礼·聘礼》:“士介朝服北面,再拜受。”宾奉束帛问卿也。○《仪礼·聘礼》:“宾朝服问卿。”又曰:“宾奉束帛入。”上介问下大夫也。○《仪礼·聘礼》:“上介朝服,问下大夫。”使者归,及郊,请反命也。○《仪礼·聘礼》:“使者归,及郊,请反命,朝服。”注:“舍于郊,以俟君命。”公食大夫,宾入次以俟也。○《仪礼·公食大夫礼》:“宾朝服即位。”注:“入于次俟。”君不亲食,受牢礼也。○《仪礼·公食大夫礼》:“若不亲食,使大夫致之,宾朝服以受。”厥明,拜赐也。○《仪礼·公食大夫礼》:“明日,宾朝服拜赐于朝。”大夫自祭家庙也。○《周礼·司服》注:“大夫元冠,自祭其庙。其服朝服。”疏:“大夫元冠,朝服。”筮日也。○《仪礼·少牢馈食礼》:“筮于庙门之外,主人朝服。”筮尸也。○《仪礼·少牢礼》:“筮尸如筮日之仪。”视杀也。○《仪礼·少牢礼》:“主人朝服即位于庙门外,司马刲羊,司士击豕。”迎鼎也。○《仪礼·少牢礼》:“主人朝服,出迎鼎。”主人筮日,史述命也。○《仪礼·少牢礼》:“史朝服,受命于主人,遂述命。”注:“史,家臣主筮事者。”既宿尸,宗人请期也。○《仪礼·少牢礼》:“既宿尸,宗人朝服,请祭期。”注:“比次早宴。”天子之士自祭也。○《礼记·深衣》疏:“郑《目录》云:士祭以朝服,谓天子之士。”士祭祖祢,宾及兄弟助祭也。○《仪礼·特牲礼》注:“宾及兄弟至祭而朝服。朝服者,大夫以祭,宾、兄弟缘孝子欲得嘉宾尊客以事其祖祢,故服之。”大祥,筮尸也。○《礼记·丧服小记》:“大祥,吉服,筮尸。”疏:“吉服,朝服。”禫祭也。○《礼记·间传》疏:“禫祭,元冠,朝服。"士冠子筮日也。○《仪礼·士冠礼》:"筮于庙门,主人元冠,朝服。"筮宾也。○《仪礼·士冠礼》:"筮宾如求日之仪。"注:"筮宾,筮其可使冠子者。"宿宾也。○《仪礼·士冠礼》:"乃宿宾。"注:"主人朝服。"主人筮日宰赞命也。○《仪礼·士冠礼》:"有司如主人服。"又曰:"宰赞命。"注:"宰,有司主政教者。"乡饮酒,乡大夫谋宾介也。○《仪礼·乡饮酒礼·记》:"乡朝服而谋宾介。"注:"乡,乡人,谓乡大夫也。"以礼礼宾也。○《仪礼·乡饮酒礼》注:"三年大比,而兴贤者、能者,乡老及乡大夫帅其吏,以礼礼宾之。"又曰:"乡大夫饮酒,朝服。"厥明,宾拜赐也,主人拜辱也。○《仪礼·乡饮酒礼》:"明日,宾服乡服以拜赐;主人如宾服拜辱。"注:"乡服,朝服。"乡射,主人速宾也,宾迎主人也。○《仪礼·乡射礼》:"主人朝服速宾,宾朝服出迎。"厥明,宾拜赐也,主人拜辱也。○《仪礼·乡射礼》:"明日,宾朝服拜赐,主人如宾服拜辱。"乡人傩,立于阼也。君视疾,东首见君也。○俱见《论语》。君薨,小臣复也。○《礼记·丧大记》:"小臣复,朝服。"占者为下大夫及士筮宅也。○《礼记·杂记》:"如筮,占者朝服。"注:"筮,筮宅。"疏:"下大夫及士不合用卜,故筮。"此元冠朝服之制及服之之事也。

元端之服:元冠、缁衣、○《周礼·屦人》疏:"朝服与元端,皆元冠缁布衣。"朱裳、○《礼记·玉藻》注:"天子诸侯元端朱裳。"朱韠、○《礼记·玉藻》:"韠:君朱,大夫素,士爵韦。"注:"此元端服之韠。"黑舄、○《左·桓二年》疏:"黑舄者,元端之舄。"赤绚繶纯者,○《周礼·屦人》注:"赤繶者,黑舄之饰。"天子诸侯元端之服也。元冠、缁衣、素裳、○《周礼·屦人》疏:"大夫元端素裳。"素韠、○见上。黑屦、青绚繶纯者,○《仪礼·士冠礼》:"元端、黑屦、青绚繶纯。"卿大夫元端之服也。

士变素裳为三等,变素韠为爵韠,余与卿大夫同也。诸侯以下,齐则爵韠同士礼也。○《礼记·玉藻》:"齐则爵韠。"疏:"诸侯以下,齐以爵韦为韠,同士礼。"三等者,上士元裳,中士黄裳,下士杂裳。○《仪礼·士冠礼》注文。杂裳者,前三幅元,后四幅黄也。○《周礼·司服》疏文。爵韠者,爵者不纯之名。○《周礼·司服》疏:"爵是不纯之名。"盖赤多黑少,如爵头色也。○《仪礼·士冠礼》疏:"爵头,赤多黑少。"变爵韠者,曰袗元,盖元衣、元裳、缁带、缁韠也。降于主人者，不敢与主人同服也。○《仪礼·士冠礼》："兄弟毕袗元。"注："袗，同也。元者，元衣、元裳。缁带韠，不爵韠者，降于主人也。"端者，正也。○《周礼·司服》注："端者，取其正也。"长二尺二寸，广二尺二寸。○《周礼·司服》注："元端长二尺二寸，上下亦广二尺二寸。"端正无杀，故曰端也。○《左·昭元年》疏："服虔云：礼衣端正无杀，故曰端。"元端之裘，狐苍裘也。○《诗·旄丘》传："大夫狐苍裘。"疏："盖大夫士元端之裘。"服元端之服者，天子、诸侯燕居也。○《礼记·王制》疏："天子诸侯，以元端燕居。"君疾，世子齐而养也。○《礼记·文王世子》："世子齐元而养。"注："养疾者齐元，元冠、元端。"诸侯祭其父之为士者，士祭其父之为诸侯而以罪诛者，为之尸者也。○《礼记·丧服小记》："父为士，子为诸侯，父为侯，子为士，其尸服以士服。"注："谓父以罪诛。"疏："士服，元端。"大夫、士，听私朝也。○《仪礼·士冠礼》疏："大夫、士服元端，以听私朝。"士莫夕于君也。○《仪礼·士冠礼》"元端"注："此莫夕于朝之服。"诸侯之士，自祭祖祢也。○《周礼·司服》疏："《特牲》是士礼，用元冠、元端。"筮日也。○《仪礼·特牲礼》："筮日，主人冠端元。"注："端元，元冠、元端。"筮尸也。○《仪礼·特牲礼》："筮尸，如求日之仪。"宿尸也，宿宾也。○《仪礼·特牲礼》："宿尸、宿宾。"视侧杀也。○《仪礼·特牲礼》："主人服如初，视侧杀。"注："侧杀，杀一牲。"士祭祖祢，为之尸者也。○《仪礼·士虞礼》："尸服，卒者之上服。"注："上服者，如《特牲》士元端也。"宾及兄弟侍祭者。○《仪礼·特牲礼》注："宗子祭，则族人皆侍。"从主人筮日、筮尸、视濯也。○《仪礼·特牲礼》注："宾及兄弟筮日、筮尸、视濯，元端。"主人筮日，宰赞命也。○《仪礼·特牲礼》："有司群执事，如兄弟服。"注："士之为属吏。"又曰："宰赞命。"注："宰，群吏之长。"主人宿尸，尸许诺也。○《仪礼·特牲礼》："宿尸，尸如主人服，许诺。"主人宿宾，宾敬从也。○《仪礼·特牲礼》："宿宾，宾如主人服，曰敢不敬从。"士冠子也。○《仪礼·士冠礼》："主人元端、爵韠。"宾为始冠者加冠也。○《仪礼·士冠礼》："宾如主人服。"摈者为主人佐礼也。○《仪礼·士冠礼》："摈者元端。"注："摈，佐礼者。在主人曰摈。"赞者为宾，佐冠事也。○《仪礼·士冠礼》："赞者元端。"注："赞者，佐宾为冠事者。"

始冠者奠挚于君也，见乡大夫、乡先生也。○《仪礼·士冠礼》："服元冠、元端、爵铧，奠挚见于君，遂以挚见于乡大夫、乡先生。"昏礼纳采、问名也。○《仪礼·士昏礼》："使者元端至。"疏："此一使兼行纳采、问名两事。"主人迎宾也。○《仪礼·士昏礼》："主人如宾服，迎于门外。"注："主人，女父也。"有司从壻亲迎也。○《仪礼·士昏礼》："从者毕元端。"注："从者，有司也。"女之父迎壻也。○《仪礼·士昏礼》："主人元端，迎于门外。"乡射，主人戒宾也。○《仪礼·乡射礼》注"主人戒宾"，注："戒时元端。"士卜葬日，族长莅卜，宗人视高也。○《仪礼·士丧礼》："卜日，族长莅卜，及宗人吉服，宗人受卜人龟，视高。"注："吉服，元端也。"此元冠、元端之制及服之之事也。

约而言之，朝服之元冠，元端之元冠，诸侯之冠弁，天子之委貌，一也。○《三礼图》引张鎰说，诸侯朝服之元冠，士之元端之元冠，诸侯之冠弁，此三冠与天子委貌形制相同。别尊卑，异其名也。凡甸皆冠弁服也。○《周礼·司服》文注："甸，田猎。"《月令》疏："熊氏云：若春夏则冠弁服。"次于元端者曰深衣。深衣者，衣裳相连，被体深邃，故曰深衣也。纯之以采曰深衣，纯之以素曰长衣，有表则谓之中衣。形制盖大略相同也。○约《礼记》"深衣"疏言之。中衣之外有朝祭正服，深衣长衣之外无余服也。深衣者，诸侯、大夫、士之次服，而庶人之吉服也。○《礼记》"深衣"疏："深衣，诸侯、大夫、士夕时所著之服。庶人吉服，深衣而已。"深衣之冠，盖缁布冠也，以庶人常著缁布冠知之也。○《仪礼·士冠礼》疏："缁布冠，庶人常著之。"此又降于元冠元端者也。

由元冠而推言之，有始冠之冠，有致齐之冠，有息民之冠，有养老之冠，有去国之冠，有燕居之冠，有吉凶相杂之冠。释元冠，不得不兼释之也。始冠之冠者，天子元冠，朱组缨也。○《礼记·玉藻》："元冠，朱组缨。天子之冠也。"注："始冠之冠。"自诸侯下达，皆缁布冠也，惟以缋緌为尊者饰也。○《礼记·玉藻》："始冠、缁布冠，自诸侯下达。"注："诸侯缁布冠有緌，尊者饰也。"缁布冠者，太古之齐冠也。○《礼记·郊特牲》："太古冠布，齐则缁之。"始冠用之者，重古道也。○《礼记·郊特牲》注："重古而冠之耳。"致齐之冠者，诸侯元冠，丹组缨也。卿大夫皆冠也，士以綦组缨示别也。○《礼记·玉藻》:"元冠,丹组缨,诸侯之齐冠也。元冠綦组缨,士之齐冠也。"《王制》疏:"诸侯元冠而齐,则孤、卿、大夫以下,并元冠齐也。"天子元冕而祭,元冠以齐;希冕而祭,元冕以齐。○《礼记·玉藻》疏:"天子元冕祭,则元冠齐;希冕祭则元冕齐。以次差之可知也。"齐冠降一等也。诸侯元冕而祭,元冠以齐;孤爵弁而祭;天子、大夫皮弁而祭。皆元冠以齐,《玉藻》注所谓四命以上齐祭异冠也。三命以下则元冠祭,元冠齐,齐祭同冠也。

息民之冠者,○《论语》疏:"大蜡之后,腊祭先祖五祀,令民休息,谓之息民。"黄衣、黄冠也。盖既蜡之后,腊先祖五祀也。其裘则《论语》所谓黄衣狐裘也。○《礼记·郊特牲》云:"黄衣黄冠而祭,息田夫也。"注:"祭谓既蜡,腊先祖五祀也。《论语》云:黄衣狐裘。"养老之冠者,周人修夏殷之制而兼用之,元冠、元衣、素裳也。夏尚黑,黑衣、黑裳,其冠则牟追也。殷尚白,缟衣、缟裳,其冠则章甫也。○《礼记·王制》注:"夏尚黑,黑衣裳;殷尚白,缟衣裳。周则兼用之,元衣、素裳,其冠则牟追、章甫、委貌也。"《仪礼·士冠礼》注:"委貌,元冠也。章,明也,言表明丈夫也。追,犹堆也。夏后氏质,以其形名之。"去国之冠者,素衣、素裳、素冠,彻缘,鞮屦也。○《礼记·曲礼》文疏:"缘,中衣缘也。彻而纯素。"燕居之冠者,著冠于武,少威仪也。○《礼记·玉藻》:"居冠属武。"注:"谓燕居冠也,著冠于武,少威仪。"疏:"燕居之冠,冠武相连属。若非燕居,则冠与武别,临著乃合之。"无事去饰,有事然后緌也。○《礼记·玉藻》:"有事,然后緌。"緌者,缨之饰也。○《仪礼·士冠礼》注:"緌,缨饰。"结缨颔下,馀者散而下垂,谓之緌也。○《礼记·内则》疏文。诸侯之緌以缋。○《礼记·玉藻》注:"緌,当用缋。"紫緌者,宋之制也。○《礼记·玉藻》:"元冠、紫緌。"注:"僭宋之服。"吉凶相杂之冠者,既祥之后,不忍即吉,加以素纰也。○《礼记·玉藻》:"缟冠、素纰,既祥之冠也。"疏:"缟是生绢,近吉祥。祭著缟冠,以其渐吉故也。既祥之后,微申孝子哀情,加以素纰。"父有丧服,不忍纯吉,冠以缟冠也。○《礼记·玉藻》:"缟冠元武,子姓之冠也。"注:"父有丧服,子为之不纯吉也。"疏:"武用元,元是吉;冠用缟,缟是凶。吉而杂凶也。"除丧而祭,成人者朝服、缟冠,未成人者缟冠、元端、黄裳。不纯吉也。○《礼记·丧服小记》:“除殇之丧者,其祭也必元;除成丧者,其祭也朝服缟冠。”注:“殇,缟冠、元端、黄裳;成人缟冠。未纯吉也。”主国遭丧,大夫受聘,练冠、长衣,不以纯凶接纯吉也。○《仪礼·聘礼》:“遭丧,将命于大夫。主人长衣、练冠以受。”注:“不必纯凶接纯吉也。”若惰游之士,垂緌五寸。不齿之服,元冠、缟武。○《礼记·玉藻》文。此又先王所特设,以耻罢民者也。此皆由元冠而推及之者也。

服弁服者,服弁,丧冠也。其服斩衰、齐衰。○《周礼·司服》注文。卿大夫加以大功、小功。○《周礼·司服》文。士加缌也。○注文。服弁,自天子以下无饰、无等。○《周礼·弁师》注文。盖吉服所以表德,凶服所以表哀。○《仪礼·丧服》疏文。德有高下之殊,哀无贵贱之别,故无等也。

丧冠者,白布冠也。○《礼记·郊特牲》注:“白布冠质,以为丧冠。”凡吉冠,缨武别材,丧冠,则缨武同材也。吉冠左缝,丧冠则右缝也。吉冠缝在武上乡内,丧冠则缝在武下乡外。《曲礼》所谓厌冠也。○约《仪礼·丧服》疏言之。此吉冠、丧冠之别也。

凡服有降有正有义,所以服者不同,故布之升数,亦不同也。斩衰三升,为父正服也。三升半,为君义服也。冠则同六升也。齐衰三年,齐衰杖期惟有正服,衰四升、五升,冠七升、八升也。齐衰不杖期有正有义,正则衰五升,冠八升;义则衰六升、冠九升也。齐衰三月,皆义服,衰六升,冠九升也。殇大功,有降有义,降服衰七升,冠十升;义服衰九升,冠十一升也。本服齐衰,以殇而降,故次大功之上也。大功有降有正有义,正服衰八升,冠十升;降服义服如上释也。繐衰惟有义服,衰四升半,冠七升也。繐衰者,诸侯之大夫为天子也。既葬而除,则七月也。殇小功,有降有义,降则衰、冠同十升;义则衰、冠同十二升也。小功有降有正有义,正服衰、冠同十一升,降服义服如上释也。缌麻有降有正有义,衰、冠同十五升去其半也。此丧服之差也。○约《仪礼·丧服》疏言之。

丧服之屦，则有菅屦、绳屦、疏屦、麻屦、○俱见《仪礼·丧服》。缌屦、○《仪礼·士冠礼》疏："缌屦，大功之屦。"素屦、散屦也。○《周礼·司服》疏："大祥后著素屦与散屦。"丧服自天子达士共一章也。○《周礼·弁师》注文。或曰，大夫丧服与士异，大夫以上乃能备仪尽饰。○《礼记·杂记》注文。盖后世之变礼也。○约《礼记·杂记》疏言之。旁期以下，天子、诸侯绝，大夫降。○《公羊·庄四年》注："天子、诸侯绝期，大夫绝缌。"《仪礼·丧服》疏："天子、诸侯为正统之亲，不降；馀亲则绝。天子、诸侯绝者，大夫降一等。"不敢以□者屈尊也。凡凶事，皆服弁服也。○《周礼·司服》文。弁绖者，吊丧之冠也。《诗》之所谓素冠也，其制如爵弁而素也。○《周礼·弁师》注："弁绖，王吊所服也。其弁如爵弁而素，所谓素冠也。"先著素冠，后加环绖。○《周礼·弁师》疏："先著素弁于下，乃上加环绖。"环绖者，缠而不纠。○《周礼·弁师》注文。如环，故谓之环也。○《周礼·司服》疏文。天子为三公六卿锡衰，为诸侯缌衰，为大夫士疑衰。○《周礼·司服》文。诸侯为卿大夫锡衰，○《礼记·服问》："君为卿大夫锡衰，当事则弁绖。"大夫锡衰相吊。○《礼记·杂记》注："弁绖者，大夫锡衰相吊之服。"士疑衰相吊。○《周礼·司服》注："士弁绖疑衰。"其首服皆弁绖也。○《周礼·司服》文。自天子至大夫，弁绖皆有辟积。○《周礼·弁师》注："弁绖之弁，其辟积如冕缫之就然。"士则不辟积也。○《周礼·弁师》注："士弁绖之弁，不辟积。"锡衰者，无事其缕，有事其布，曰锡。○《仪礼·丧服》记文。锡者，不治其缕，衰在内也。○注文。缌衰者，有事其缕，无事其布，曰缌。○《仪礼·丧服》文。缌者，不治其布，衰在外也。○《仪礼·丧服·记》注文。疑衰十四升，疑之言拟也，拟于吉也。○《周礼·司服》注文。天子七月而葬，诸侯五月而葬，变丧冠为弁绖者，接神之道也。○《礼记·檀弓》："弁绖葛而葬，与神交之道也。"注："接神之道，不可以纯凶。天子诸侯变服而葬，冠素弁，以葛为环绖。"凡吊事，皆弁绖服也。○《周礼·司服》文。所以配冕者曰衣，衮衣、鷩衣、毳衣、希衣、元衣是也。所以配弁者曰服，韦弁服、皮弁服、冠弁服、服弁服、弁绖服是也。六冕以衣名冕，象上古先有衣也。五弁以弁名服，以首服为重也。○约《礼记·王制》疏言之。弁者,古冠之大号也,言弁可以统冕,言冕不可以统弁,故掌王五冕者,不曰冕师而曰弁师也。〇约《诗·文王》疏言之。此释弁之所以不统于释冕也。

释六服

王后之六服,掌于内司。服者,袆衣也、揄狄也、阙狄也、鞠衣也、展衣也、缘衣也,为之里者,皆素沙也。五冕之章,首取乎龙;三狄之章,专取乎雉也。袆衣画翚,翚者,素质,五色,伊雒而南谓之翚也。揄狄画摇,摇者,青质,五色,江淮而南谓之摇也。阙狄者,刻缯,象雉,阙而不画也。三狄者,皆祭服也。〇约《周礼·内司服》注言之。三狄亦曰象服,象翟羽而画之,故曰象服也。〇《诗》:“君子偕老,象服是宜。”疏:“象翟羽而画之,故谓之象。”或曰袆衣,画衣也。〇《周礼·内司服》注先郑说。揄狄、阙狄,以羽饰衣也。〇《诗·君子偕老》传:“褕翟、阙翟,羽饰衣也。”鞠衣者,色如菊,象桑叶始生也。展当为襢,缘当为褖字之误也。〇约《周礼·内司服》注言之。鞠衣以下,刺黼为领,王后、夫人与卿大夫妻同也。〇《仪礼·士昏礼》注:“卿大夫妻刺黼以为领。”疏:“卿大夫妻刺黼为领,则后夫人亦同刺黼为领也。”士妻则别刺黼文被之领上,非始嫁不得被也。〇《仪礼·士昏礼》注:“士妻始嫁,施襌黼于领上,假盛饰耳。言被明非常服。”疏:“士妻于衣领上别刺黼文,谓之被。”此六服之制也。

六服之色,其说有二:一曰袆衣元、揄狄青、阙狄赤、鞠衣黄、展衣白、褖衣黑。盖郑君以天地四方之色,顺次之也。〇约《周礼·内司服》疏言之。一曰袆衣、展衣赤,阙狄黑,馀如上说,盖孙毓本毛公“展衣以丹”之说而逆推之也。〇约《诗·君子偕老》疏言之。男子上衣下裳。妇人衣裳相连,专一德,无所兼也。〇《周礼·内司服》注:“妇人尚专一德,无所兼,连衣裳,不异其色。”

凡屦、舄,各象其裳之色。〇《周礼·屦人》注文。妇人不殊衣裳。〇《诗·绿衣》笺文。屦、舄与衣同色也。袆衣元舄,其饰黄絇繶纯也;

揄狄青舄，其饰白絇繶纯也；阙狄赤舄，其饰黑絇繶纯也。舄之饰如缋次也。鞠衣以下则皆屦也。鞠衣黄屦白饰，展衣白屦黑饰，缘衣黑屦青饰。屦之饰如绣次也。○约《周礼·屦人》注言之。此王后夫人之舄与屦也。

若内命妇、外命妇，则有命屦、功屦之别也。服鞠衣者以黄屦为命屦，白屦、黑屦为功屦也；服展衣者以白屦为命屦，黑屦为功屦也；服缘衣者则即以黑屦为命屦也。去饰者曰散屦。有凶去饰，非纯吉也。屦必言服屦者，明著服各有屦也。○约《周礼·屦人》注疏言之。

王后之首饰配三狄者曰副，配鞠衣、展衣者曰编，配缘衣者曰次也。○《周礼·屦人》疏引郑志："袆衣、揄翟、阙翟首服副，鞠衣、襢衣首服编，褖衣者服次。"副者，副之言覆，所以覆首，汉之步摇，其遗象也。步摇者，谓戴之在首，行步摇动也。编者，编列他人之发，假作紒形，汉之假紒，其遗象也。次者，次第他人之发以益已发，所谓髲髢是也。《周礼》之"次"、《召南》之"被"、《仪礼》之"被裼"，同物而异名也。副之饰曰衡、曰笄，笄者，横贯头上以卷发也。衡者，垂于副旁，以悬瑱也。所以悬瑱者曰紞。阙狄以上紞五采，瑱以玉也。鞠衣而下紞三采，瑱以石也。衡也、笄也，王后夫人以玉，内外命妇以象也。衡以饰副，副以配狄。祭服而外得有紞，不得有衡也。○约《诗·采蘩》疏及《周礼·追师》注疏言之。副之上，又加以六物为之饰，曰六珈，珈之言加也，盖笄饰之最甚者，其制未可得闻也。○约《诗·君子偕老》传笺疏言之。降于次者曰缅、曰笄、曰总。○《周礼·追师》注："王后之燕居，缅、笄、总而已。"缅以韬发，○《仪礼·士冠礼》注："缅一幅长六尺，足以韬发。"笄以系发，○《公羊·僖九年》注："笄所以系持发。"总以束发。○《仪礼·丧服》注文。缅之长盖六尺也，笄五之一，○《仪礼·丧服》传："吉笄尺二寸。"总十之一也。○《仪礼·丧服》传："总长六寸。"此王后燕居之首服，下至士大夫妻皆得服也。

王后袆衣、元舄，首服副，从王见先王也，朝舅姑也。揄狄、青舄，首服副，从王见先公也。阙狄、赤舄，首服副，从王见群小祀也。鞠衣、黄屦，首服编，季春荐鞠衣于先帝，告桑事也。展衣、白屦，首服编，以礼见王及见宾客也。缘衣、黑屦，首服次，御于王及燕居也。〇约《诗·葛覃》传、《周礼·内司服》注、及《屦人》疏引郑志言之。上公夫人、鲁夫人以袆衣从君见太祖。〇约《周礼·追师》疏言之。受世妇献茧。〇《礼记·祭义》："世妇献茧于夫人，夫人副袆而受之。"揄狄，从君见群庙，馀与王后同也。侯伯夫人以揄狄从君见太祖及群庙，馀与上公夫人同也。子男夫人以阙狄从君见太祖及群庙、群小祀，馀与侯伯夫人同也。〇约《周礼·追师》疏言之。子男夫人命于女君，《玉藻》所谓君命阙狄者，谓子男夫人也。〇《礼记·玉藻》："君命阙狄。"注："君，女君。此子男之夫人。"

古者，天子立三夫人分主六宫，如群臣中之三公也。〇《礼记·昏义》疏："三夫人分主六宫，如三公分主六卿。"其服从上向下差之当揄狄，从下向上差之当阙狄。〇《周礼·内司服》疏文。郑盖两解不定也。〇《礼记·玉藻》"夫人揄狄"注："夫人，三夫人。"《周礼·内司服》注："三夫人，其阙狄乎！"王姬下嫁，如侯伯夫人服也。〇《诗·何彼秾矣》序："王姬下嫁，车服下王后一等。"笺："服则揄狄。"此王后夫人六服之等差也。

内命妇分三等：九嫔，鞠衣也；世妇，展衣也；女御，缘衣也。夫人侄娣，与九嫔同也。左右媵，与世妇同也。左右媵侄娣，与女御同也。外命妇亦分三等：孤之妻如九嫔也，卿大夫之妻如世妇也，士之妻如女御也。无孤之国，则御之妻如九嫔也。〇约《诗·绿衣》疏及《周礼·内司服》注疏言之。内命妇自世妇以下，外命妇自卿大夫妻以下，既奠茧，乃得服命服也。〇《礼记·玉藻》："世妇命于奠茧。"疏："世妇及卿大夫妻须蚕毕献茧，茧多功大，君亲命之，乃得服。"私家自祭，各降一等。〇《周礼·内司服》注："外命妇惟王祭祀，以礼佐后，得服此上服。自于其家则降焉。"大夫妻首服次。〇《仪礼·少牢馈食礼》"主妇被裼"注："被裼，读为髲鬄。《周礼》所谓次也。"士妻纚笄。〇《仪礼·特牲馈食礼》："主妇纚笄。"其服皆禒衣也。〇《仪礼·少牢礼》注："大夫妻，衣绡衣。"《特牲礼》："主妇宵衣。"《士昏礼》注："宵，读为绡。"疏："绡衣亦禒衣，用绡为领，故名绡衣。"服穷则同，

○《仪礼·少牢礼》疏："绡衣下更无服，服穷则同。"惟以侈袂、不侈袂示别也。○《仪礼·少牢礼》注："大夫妻衣绡衣而侈袂。侈者，半士妻之袂以益之，衣三尺三寸，袪尺八寸。"疏："士妻袂二尺二寸，袪尺二寸，三分益一，故衣三尺三寸，袪尺八寸。袂亦名衣。"士妻始嫁，次而禒衣，○《仪礼·士昏礼》："女次纯衣。"注："次，首饰。"疏："纯衣，即禒衣。"摄盛也。配壻，爵弁也。此内外命妇鞠衣以下之等差也。昔赵商不解王后六服之制，至欲写以为图。○《周礼·屦人》疏引郑志，赵商问王后六服之制，目不解，请图之。爰就三《礼》诸书所载者，次第其说，继释冕、释弁而终释之也。

卷　二

六宗说

六宗之说纷纷矣，吾友傅君锡书独创一说，曰，六宗者，天宗之误也。《月令》："孟冬，乃祈来年于天宗。"郑君注云："天宗，日月星辰。"六、天，古文相近，传写之误也。唐虞之礼，天地合祭，类上帝则祭地祇矣，不言地者，以尊统卑也。天宗，上帝之佐也，山川地祇之佐也。祭天地、祭天地之佐，而后遍于群神，一定之序也。曰上帝、曰天宗、曰山川、曰群神，所祭之神不同。曰类、曰禋、曰望、曰遍，所祭之名亦不同。禋之言烟，烟气上达之义也。禋有二，祭天神曰禋，《周礼》所谓以禋祀祀昊天上帝是也；祭宗庙亦曰禋，《洛诰》所谓禋于文王、武王是也。外此无名禋者。宗庙不得次山川之上，天神无六宗一定之目，则六宗之当为天宗昭昭矣。诸家之说，何足辨也！或曰，《周礼》以实柴祀日月星辰，则日月星辰不得曰禋也。傅君曰，祭天曰类，祭日月星辰亦曰类；祭日月星辰曰柴，祭天亦曰柴，何独于禋而疑之？盖惟日月星辰乃得与祭天通称耳。若然，则六宗之当为天宗更昭昭矣。金吾曰，是说也，虽不足为定论，然诸说纷纷，无可折衷，存此以备一说，亦奚不可！

《麟之趾》说

序《诗》者，以《麟之趾》为《关雎》之应，何也？古圣王德合上下，天应以鸟兽文章，地应以《河图》《洛书》。深宫寤寐，精诚之所注，直与天地相弥纶，而大化所鼓荡，元气所覆育者，莫不扇仁风，浴圣泽，各遂其生生之乐，盖不必征之人也，征之物而信矣。且不仅征之物也，征之物还以征之人，而益信矣。麟，仁兽；王者，至仁。则出太平之符也。麟之趾，指麟也。曰趾、曰定、曰角，自下而上，一身皆仁也。吁嗟麟兮！指，公子也。以麟之仁，比公子也。曰公子、曰公姓、曰公族，自近而远，一家皆仁也。文王后妃，德修于身，而子孙宗族皆化于厚，其应盖有不期然而然者。故曰，《麟趾》者，《关雎》之应也。今夫教化之行也自近者始，平章百姓必俟之九族既睦之后。盖由亲及疏，不易之序也。惟我文考，宫廷雍睦，亦惟是民胞物与之心，日讨其公子、公孙而训之，以仁之难保而质之易漓也戒惧之，毋敢失坠。譬之草木养其根，而日实灌溉之，有不勃焉以兴者乎！即或气禀不齐，而涵濡既久，且潜移默化于不自觉。振振公子，比德于麟，非溢美也。推之公子然，而公姓、公族无不然。盖《周南》之化以此终，而周家之盛自此始也。曰，若大禹时则有若伯益；亦越成汤时，则有若伊尹；在太甲、太戊，则亦有股肱之佐，不二心之臣，保乂王家。若佐命元勋，出于天家弱弟如周公者，盖未之前闻。且公子之属如康叔，公孙之属如伯禽，公族之属如召公，不皆诗人所谓振振者欤？云龙风虎，萃于一家，呜呼盛矣！武王定天下，大封同姓，以蕃屏周。迨其后，厉王之流也，周召摄政，号曰共和。平王之东迁也，晋郑是依。晋衰，吴实继之。终春秋之世，王室有事，同姓夹辅之功居多，不益足见麟趾之化之远欤？《丹书》之言曰，以仁得之，以仁守之，其量百世。周之子孙，仁厚如此，宜其奉神灵之统，奏耆定之绩，而扩八百年一统无外之宏规也。

《相鼠》说

明允苏氏之说曰：圣人以死生之理胜劳逸之说而制为礼，又以死生之说不敌其淫乱之心而作为诗。诗者，所以济礼之不及也。是说也，吾盖读《相鼠》之诗而益信。《记》曰："温柔敦厚，《诗》教也。"《诗》

三百篇，大抵依违讽喻缠绵往复以自达其意之所在，所谓言之者无罪，闻之者足戒，盖《诗》之通例也。若《相鼠》则不然。一则曰，不死何为。再则曰不死何俟。三则曰胡不遄死。非刺也，詈矣。非詈也，诅矣、祝矣。毋乃非温柔敦厚之旨欤？或曰，盖疾之之甚，不觉其词之激也。是殆不然。今夫圣人所以束天下之人而纳之于礼者，无他，死生之说也。至死生之说不胜，势将溃决不可救，而礼之权穷，于是作为诗以济之。显以平其愤激，隐以消其桀骜，而仍束其身于礼法之中，俾不敢尺寸违越。故曰，诗者，济礼之不及也。有诗以济之，而天下犹有无礼者，则诗之权又穷。诗人曰，是不难，还以死生之说胜之而已。死者，人之所大恶也。苟不至先以死自处其身，则所恶未必有甚于死者。圣人既许我以好色矣，不尤我之怨我君父兄矣。向之趋死不顾利害之心已消磨于不自知，则恶夫礼必不若恶夫死之甚也。鼠者，偷食苟得，物之至贱者也。人虽至愚不肖，比之以鼠，动之以死，未有不掩耳疾走者。盖欲使无礼者，不特人恶之，彼且自恶之，以为不可一日侧足于世也。若是，则死生之说胜，伤化败俗之风绝，而礼之权不穷。吾故曰，读《相鼠》之诗而明允之说益信。不然，十五国风刺淫乱者多矣，何尝有若是之激直哉！

《硕人》说

《左氏・隐三年》传曰："卫庄公娶于齐东宫得臣之妹，曰庄姜，美而无子。卫人所为赋《硕人》也。"废《序》者以此《序》见《左氏》，不敢有异论，故说《硕人》者，自汉及宋无异辞。或有疑之者曰，古者小君有接见大夫之礼，若国人则亲桑助祭或者偶一见之，然亦不过如君子偕老，瞻其盛饰，仰其容颜，望之若山河、若帝天而已。从未有歌咏小君尽态极妍如《硕人》者。呜呼！何其亵且辱也。案刘向《列女传》，庄姜有冶容淫心，傅母作此以防未然，盖《鲁诗》说也。如是说也，则虽尽态极妍，在傅母不为亵，在庄姜不为辱，较之以为卫人作者，不较胜欤？至庄姜行事之详不可知，读《绿衣》、《燕燕》诸篇，缠绵悱恻，不失温厚和平之旨，怨而不怒，庄姜有焉。必谓其有冶容淫心，殆不其然。且所谓防未然者，诗中亦未见此意，是又不若诗《序》贤而失位之说为胜也。某谨合两家之说而窃断之曰，《硕人》者，盖庄姜有美色，贤而无子，傅母悯之而作也。金吾曰，子说良是，然傅母必随庄姜至卫，独非卫之人耶？安见《左氏》所谓卫人者，不即指傅母也耶？

《木瓜》说

《序》云："《木瓜》，美齐桓也。美齐桓者，刺卫文也。"又云："卫人欲厚报之而作是诗。"卫人欲报之且欲厚报之，而卒不闻君之报之者，则以所施之过厚也。所施过厚，报之无以报，犹得曰盖有待也。若乃有可报而竟不一报焉，则作诗者不能为卫文解矣。狄之入卫也，卫之遗民立戴公以庐于曹，齐桓公使公子无亏帅车三百乘，甲士三千人戍之。戴公卒，文公立，僖之二年，齐城楚丘以封之，《传》所谓卫国忘亡者是也。僖之十二年，又为城楚丘之郛以备狄难。文公元年，革车三十乘，季年乃三百乘。嘻！伊谁之力欤？齐桓公薨，五公子争立，内乱。吾意为卫文者，必将擐甲誓众，纠合同盟，纳孝公、定齐难，申大义于天下，俾无忘齐桓之大德，报施救患于是乎在。计不出此，仅从宋襄一伐，且舍而先归，此何说也？于此而不报，则终无以报齐矣。此《木瓜》之诗所为作也。夫木瓜、木桃、木李，至微也。琼琚、琼瑶、琼玖，至贵也。至微者报以至贵，且不敢自以为报，则投以至贵者，当何如也？齐之大惠，岂木瓜、木桃、木李所能拟其万一！而卫之所以报齐，所谓琼琚、琼瑶、琼玖者，果何在也？是诗也，盖卫人思齐之大德而又不敢斥言君失，故即至微之物以明报施之常，而冀君之一悟也。此诗人忠厚之旨也。今夫里巷相往来，酒食游戏相征逐，豆羹觞酒，受之而不报，犹有起而议之者，况乎以盟主之重，不避专封之罪，镇抚其社稷，辑和其人民，俾亡国者有国，丧君者有君，此何如之厚施也哉！所谓存亡继绝生死骨肉者，蔑以过矣。昔惠王之入也，郑赐虎牢；襄王之立也，晋启南阳。无德不报，天子且然，况同列乎！晋惠以河东赂秦，鲁宣以济西报齐，君子不以弃地讥之者，盖大惧重施不报之无以训国人，而载盟府也。且文公，卫之所谓贤主也，民俗化而歌《蝃蝀》，群臣正而赋《相鼠》。建城市，立宫室，《定之方中》作焉。今读其诗，惟侈陈椅漆之美，騋牝之富。而当年之迁徙流离，齐桓之劳来安定，无一语追念及之。弃德背施，文公其何说之辞？邢，周公之后，卫之同姓也。同迫狄难，同为齐所封，桓既薨，而文灭之，则文之负桓也甚矣。《记》曰："太上贵德，其次务施报。"吾读《木瓜》而叹齐桓之德之盛，且不能不致慨于文公之终不一报也。

《黍离》说

昔者周厉王不道，西戎灭犬丘大雒之族。宣王即位，以秦仲为大夫，诛西戎。盖西戎之畏秦久矣。其后，乘申侯之衅弑幽王，灭宗周。秦仲之孙襄公兴兵救周，逐西戎，徙平王于洛邑，而奄有西都畿内八百里之地。当是时也，晋文侯、郑武公能定平王之位而不能定西戎之难，能定西戎之难而制其死命者，襄公一人而已。使襄公乃心王室，留镇王都，以驷铁小戎之盛，内以安平王之弱主，而使之无所惧；外以遏西戎之强寇，而使之不敢动。若是，则东周可以不迁，而《黍离》之诗可以不作。序《黍离》者曰："闵宗周也。宗庙宫室，尽为禾黍。闵其颠覆而作是诗。"今读其诗，一则曰："悠悠苍天，此何人哉？"再则曰："悠悠苍天，此何人哉？"三则曰："悠悠苍天，此何人哉？"说者曰："何人，指幽王也。"蒙窃以为不然。何人者，指秦襄公也。东迁者，盖襄公一人定之而晋文侯、郑武公不与也。何以言之？西都地据上游，形势利便，天下莫及。惟是偪近西戎，非有积威为西戎所畏服如襄公者，不敢一日居。襄公以为王室不迁，吾终不得奄有西都。吾不得奄有西都而仅守蕞尔秦谷之地，终无以列于诸侯，为子孙立万世不拔之业。且西戎之为难久矣，周之人莫不震而慑之。今天子既无宣王内安外攘之略，其臣又无阚如虓虎如方叔、召虎者，势必不敢与西戎抗。不敢与西戎抗，则以东迁之说进，当无复有挠我谋者。王室迁而莫之敢居，岐丰八百里之地不我之属而谁属哉！此襄公所以定策东迁也。彼晋文侯、郑武公岂不知王室既迁，其地必入于秦，特以慑于西戎，不敢力争耳。吾故曰，东迁者，襄公一人定之，晋文侯、郑武公不与也。夫襄公无据有西周之心，则王室不迁，王室不迁，则宗庙宫室必不尽为禾黍。且据形便之地，收文武成康之遗民，搤天下之吭而抚其背，其势亦不至日趋于弱。王室之卑，襄公为之也。《黍离》之诗曰："知我者谓我心忧。"忧者，忧秦之日强而周之日弱也。曰："此何人哉？"言致此东迁者，果何人也！盖疾之之甚也。

《扬之水》说

《扬之水》者，周人不乐戍申而作也。今读其诗，一则曰："彼其之子，不与我戍申。"再则曰："彼其之子，不与我戍甫。"三则曰："彼其之子，不与我戍许。"一若重有怨于不与我戍者。是诗也，或者平王征发诸侯以戍申，诸侯莫之应欤？"彼其之子"盖指侯国不奉王命者也。"扬之水"喻平王也，"束薪"、"束楚"、"束蒲"，喻诸侯也。王命不行于诸侯，犹激扬之水不流束薪、束楚、束蒲也。"戍甫"、"戍许"者，以其同出姜姓，变文也，非真戍甫许也。"怀哉怀哉"，思归也。"曷月予旋归哉"，归无期也。当是时也，王室始迁，政令未改，法制犹在。爵禄庆赏、宰制天下之权尚未至陵夷殆尽。赫赫王命，何竟壅遏不行若是也。且不惟不行于诸侯而已，即周之人，亦且愤愤不平，一若上之人重以虐我者。昔者宣王命召伯为申伯筑城于谢，《崧高》之诗美之。彼申侯者，盖申伯之子若孙耳。同此征发，同此赴役，同此申国，而其情迥不相同，是不仅以王室弱也。其故盖可得而推矣。何以言之？幽王嬖褒姒，废申后，逐太子，太子奔申。间尝考之，厉王娶于申，幽王亦娶于申，申与王室，世为婚姻，则申侯者，所谓贵戚之臣，与国同休戚者也。当平王之奔申也，为申侯者留之于国，俟幽王之意少解，然后徐疏其无罪，冀幽王感悟而复之，可也；否则，纳之以待天下之有变，亦可也。不然，拥护太子入朝极谏，不听，则以死继之，所谓贵戚之臣与国同休戚者，不当如是耶？乃呈其忿怒，邀结犬戎，称兵犯阙，致幽王走死，宗社几不血食，盖已罪不容诛矣。且幽王既崩，平王在申，申侯苟不忘周室，迎立平王，奚待晋郑？自古奸雄，固有假推戴之功，以掩其篡弑之罪，而冀后之论世者，为之稍宽万一。乃羁留不遣，必俟晋文侯、郑武公、秦襄公起兵赴难，勤王之师四集，然后晋文、郑武迎于其国，正位西都。而劝进之数，申侯不与。则苟非三国赴援，戮力一心，平王之立不立，未可知也。若是，则申侯之心更有不可问者。平王即位，念其元舅之亲，不忍诛灭，且以国近强楚，征发诸侯为之戍守，天下于是知平王之失政刑矣。号令之不及远，盖由此其始也。《易》曰："说以使民，民忘其劳。"文王之子来无论已。宣王北伐，《六月》张其武功；秦襄好兵，《小戎》矜其车甲。苟使之得其道，战且乐趋，何有于戍？使申侯率乃祖服，戮力王室，则天子有命，奔走恐后，城谢之往事可验也。何至诸侯莫应，役夫怨怒如扬之水乎？读此诗者可以知，一失臣节，虽天子释而不问，而众怒所归，即役夫之微，有不甘俯首受役者，而使民者其亦知慎其所使哉！

《缁衣》说

昔郑武公继桓公为司徒，宏敷五典，式和民则，国人翕然美之，为平王者固将敬礼之，尊宠之，俾常享章服宫室廪禄之奉，以大慰天下之民之望。若是，则《缁衣》之诗可以不作。

说《缁衣》者曰，《缁衣》，国人美武公也。夫改衣授粲，推毛之意，以为国人仰望于王家者如此；推郑之意，以为国人自舒其爱戴者如此。虽其说微异，要非谓平王为之改衣，平王为之授粲也。平王不能然，而民私欲之，私欲之而王之从不从，未可知也；平王不能然而民自为之，民为之而王之知不知，未可知也。

《记》曰："好贤如《缁衣》。"《孔丛子》曰："于《缁衣》见好贤之至。"盖谓下之好贤，而非上之好贤也。是诗也，其殆周之人爱美武公，恐不能久居其职，故作此以讽平王欤？缁衣者，卿士听朝之服。武公以畿外诸侯入为天子司徒，去桓公时盖已有年。缁衣不已，敝而有待于改为、改造、改作者欤？授粲者盖美武公之不素餐，而欲王家常授以采禄也。夫进退大臣，其权实操之上，而亦视民心为转移。民以为贤，则察而用之；民以为否，则察而去之。古今不易之理也。民之爱武公者既如此，则王之待武公也宜何如？《书》曰："天命有德，五服五章。"《易》曰："大亨以养圣贤。"古之君礼貌大臣，解衣推食有如此者。又何待草野小民咨嗟咏叹，几若有不能得此于上者，而徒托空言也！且武公非他，厉王之孙，宣王之侄，幽王之弟，平王之叔父也。以天潢之令德，作辅相于王家，丰功茂绩，当必有卓然在人耳目者，而何竟泯泯无闻也！是非平王用之不专，任之不久之过欤？

夫子删《诗》，载《葛藟》于《王风》，所以戒后王之弃其九族也；载《缁衣》于《郑风》，所以戒后王之好贤不笃也。《序》云："武公善于其职，国人宜之。"盖言周之人宜之也。又云："美其德，以明有国善善之功者。"盖言武公为司徒，而能好善、行善道。此郑之所以世有其国也。嘻！武公以诸侯入为天子卿士，而民之称誉之愿望之者，拳拳如此，武公可不谓贤乎！作诗者可不谓好贤之至乎！"民之秉彝，好是懿德"，此之谓也。而王不加察焉，此东迁之所以不振也。

《伐檀》说

国家治乱，安危之机，在乎审所尚而已，尤在乎审习俗之偏而导之以正而已。若不惟不正之，又从而加甚焉，则取亡之道也。夫因其习俗无所变革，泊然而无思，淡然而寡营，俾上下相安于无事，岂不甚善，然人之情必不能然。

变色者，争斗之始也。盗窃者，好利之极也。若不审其所偏而预为之防，且纵其情欲之所极，其终必至于旷然大变其俗而国随以亡。《伐檀》之诗，其明验也。

魏之始，不知所封为谁，盖周之同姓也。其地为舜、禹旧都，俭约之化，犹有存者。苟为君者率之以共俾俭而不至于啬，为臣者示之以礼，俾俭而不流于鄙。若是，则虞夏之俗何以远过。吴季子之观乐也，为之歌魏曰："大而婉，俭而易，行以德辅，此则明主也。"盖叹其习俗之美，而其臣之不能以德辅君也。何以知其不能以德辅君也？盖于《伐檀》之诗知之。

《伐檀》者，刺贪也。刺在位者贪鄙无功而受禄，不素餐之君子不得仕进也。夫不素飧者，不贪者也。不贪者不得仕进，则在位皆贪鄙者可知也。贪鄙者而能以德辅君乎？不惟不能以德辅君而已，且将率一国之人而尽趋于贪也。君子读《伐檀》之诗而知魏之俗盖一变矣。今夫魏之俗以俭约著，何一变而至于贪哉！夫俭非贪比，而贪实俭之所致也。有一物焉，爱之而不用，俭也；有一物焉，而思更得一物，贪也。然必先有爱而不用之心，而后有更得一物之心，且更得一物之后，亦惟是爱而不用，而又思更得一物也。则不俭必不至贪，贪者所以济俭之实也。

然而贪亦视乎其人之分耳。在下位者，势既不足以逞其欲，且志小易盈，其患犹不深中于朝廷。若在上位者则不然，起居饮食，盖皆百倍于小民，而威令所及，即有非法之求，亦莫之敢抗。苟其贪也，则必强取豪夺以快其心，又必横征暴敛以盈其壑。而小民之脂膏、国家之元气，不至于剥削殆尽不止。且上行下效，其俗亦必日趋于贪鄙，而尽改其俭约之习。如《伐檀》之诗人，盖不数觏矣。

魏之风七篇，《葛屦》至《十亩之间》，刺俭也。君子曰，俭而不知节之以礼，其极必至于贪也。《伐檀》刺贪，《硕鼠》刺厚敛。君子曰，贪则必至厚敛，厚敛则国未有不亡者也。魏之君，苟因之感悟，进《伐檀》之诗人为有位者矜式，然后讲明共俭，禁止贪暴，审习俗偏胜之势，而徐以正之。俾小民知无礼之可耻，大夫知素飧之可愧，化行俗美，反朴还淳。国虽小，何不可久安长治哉！

《无衣》说

《序》云，《无衣》，美武公也。武公始并晋国，其大夫为之请命于天子之使而作是诗。夫篡弑，大逆也，王法之所必诛者也。武公有无王之心而后动于恶，区区请命，抑亦末矣。后之人有不察序诗者微意所在，而臆为之说者，是不可以不辨。

窃尝考之，曲沃自桓叔以来，无日不以灭晋为念，弑其君者三，虏其君者一。传三世，更六君，历六十有六年，而卒成其篡夺之逆。古来乱臣贼子，世济其恶如武公者盖不多见。当是时也，齐桓始霸，会以训上下之则，朝以正班爵之义，征伐以讨其不然如武公者，禀命天子，讨而诛之可也。以晋之不竞，民未忘祸，若重之以齐难，将桓叔实不血食。而又大惧鄂侯、哀侯，或有遗孽，且乘间起事，与之争国也。

夫人当少壮，往往逞一时之忿，而不知计长久。武公耄年得志，更事多则惧祸深，惧祸深则患失之心日益切，而所以为子孙万世计者日益坚。意惟是假宠王灵，庶足以止霸讨而镇抚其人民，以保世滋大乎！此请命之所由来也。

《韩诗传》曰："诸侯世子三年丧毕，上受爵命于天子。"武公弑君篡国，而擅自请命，非礼也。武公不自请而大夫为之请，尤非礼也。不请于天子而请于天子之使，益非礼也。诸侯未受爵命，服士服。今其诗曰"岂曰无衣七兮"、"岂曰无衣六兮"，非礼之至也。曰美者，其大夫美之也。其大夫美之，非其大夫未必美也。《诗序》之意，彰彰如此，所谓直书其事而美恶自见者非欤？后之人有误会其意，而竟以为美武公者；有不达其意，而以美武公为失其旨者。呜呼！其亦不思而已矣。

今夫天下事，可以成败论哉！不以成败论，而纲常之大义，君臣之大分，其说乃有时而穷。彼篡弑者，既已建号称尊，抚有天下，传之子孙，非特当时不敢有二心，即后世何敢有异议。此亦事之无如何者也。太宗、建成，争立一也。使太宗不幸而败，则逆子矣。成祖、高煦，谋逆一也。使高煦幸而成功，则君天下矣。曹丕篡汉，朱温篡唐，不能不以统绪予之者，势有所不得革也。武公保有晋国子孙，世为盟主，即使直道在人，明知请命之小节，不足盖篡弑之大逆，而为尊者讳，不得不隐约其辞，以俟读者之自悟。此序诗者之微意也。

《蒹葭》说

《序》云："《蒹葭》，刺襄公也。未能用周礼，将无以固其国焉。"或曰，秦自襄公后日益强盛，八传至穆公，并国二十，遂霸四戎。二十四传至孝公，用商鞅兼并之策，内务耕织，外开阡陌。招八州而朝同列，天下莫之敢抗。三十传至始皇帝，蒙故业，因遗策，席惠文、庄襄之馀烈，并吞六国，遂有天下。安在其无以固国者？

且秦僻处西陲，杂于戎狄，尚勇力，好战斗，讲田猎，矜车甲。盖习俗然也。君子不求变俗，而必以用周礼责之，毋乃迂远而不切欤？今夫秦地，何地也？盖周家畿内首善之地也。文王用之以行仁政，以化南国。武王、成康继之，忠厚和平之泽，沦浃于民心者，盖已深矣。何一变而为驷铁小戎之俗也。夫雍州土厚水深，民俗质直，导之以德化而民兴仁，率之以勇力而民争胜。习俗之变迁，视上之好尚为转移耳。君子读《小戎》之诗，而知秦之所以导民者，惟勇敢强力是尚，周礼不复用矣。此《蒹葭》之诗所为作也。

说者曰，蒹葭之方盛也，苍苍强劲，不适于用，必待白露为霜，然后坚实可为曲薄。葭之得霜，犹国之得有周礼也。葭必待霜而坚实，犹国必用周礼而后固也。"伊人"盖指知周礼之贤人也。"逆流从之，道阻且长。顺流从之，宛在水中央"者，述求贤之事，而以顺流逆流喻求之敬顺与否也。“未晞”、“未已”者，言未为霜则物不成，喻未得礼则国不兴也。秦自伯益佐禹治水有功，赐姓嬴氏，历夏及商及周，绵绵延延，盖千馀岁矣。襄公定王室之难，复大父之仇，其征伐不休，盖兵以义动，非穷兵黩武者可比。使襄公能用周礼发政施仁，一本文武成康之深仁厚泽，俾大君之德化与小民之忠爱相固结而不解，变强悍之俗，复仁厚之化，以绵伯益、中潏永永无极之祚，所谓固其国本者莫大乎是。襄公乃念不及此，一秉旧俗，变本加厉，弃周礼如弁髦。其后习于杀人而不知养人，狃于强政而不知仁政。始皇既得天下，二世而亡，子孙曾不得蓬颗蔽冢而托葬焉。伯益、中潏之祀，由是遂绝。呜呼！自古帝王受命，未有若秦祚之促者，溯其始，非襄公不用周礼、贻谋不善致之欤？序诗者真识微见远者哉！

夫鲁之弱百倍于秦，春秋时齐难相继，而卒以国秉周礼，莫之敢动。秦之强百倍于鲁，乃亡国不过后鲁四十年耳。是又不用周礼，无以固国之明验也。谓之迂远不切，过矣。

《衡门》说

杨雄曰：“鸿飞冥冥，弋者何篡。”向长曰：“富不如贫，贵不如贱。”盖遭遇变故，有为而言者也。若天下有道，谬托于不事王侯之说，绝尘不反，人皆若此，斯民何赖焉。此《衡门》之诗人所不敢出也。

夫读诗者，知其人尤当论其世。金吾读《衡门》之诗，而窃有以会其意矣。陈，帝舜之后也。武王克商，求舜后，得胡公，配以元女太姬，而封诸陈，以备三恪。六传至僖公，僖公六年，实周宣王之元年也。宣王拨乱反正，继统扬业，昭至德，开大明，崇化厉贤，以风四方，太平之盛治也。夫有道则见，无道则隐，出处之义，无以易者。彼隐居者高节迈伦，英才盖世，其亦有静而思动，屈而求信之意欤？

在昔厉王之世，政教酷烈，若火之燎于原，不可向迩。衡门栖迟，泌水乐饥，所谓静己以镇其躁，去危以图其安者非欤？今也王室中兴，宣其明德于诸侯，凡怀才抱德者，孰不欲乘时奋起，思见用于有道之世，以大展其济世安民之略，而一雪处士纯盗虚声之诮，岂犹有以肥遁鸣高者哉！

窃尝论之。国家思贤若渴，往往越国旁求。所谓百里一贤，千里一圣者，譬之鱼，魴也、鲤也；譬之女，齐之姜、宋之子也。虽楚有才，晋实用之。岂不足以焜耀邻国，而大慰人主辟门吁俊之心。然十室之邑，必有忠信。隐鳞戢翼，藏器待时者，里闬中盖不乏人。且陈，太昊之墟也，佃渔之流风，俪皮之遗制，犹有存者。衡门泌水，不足辱干旌而贲束帛乎？而必妄自菲薄，谓食味被色，不如他国也，过矣。夫安车蒲轮，三征不起，厉士节而著人臣，难进之义也。若上有求贤之实，下负高抗之素，硁硁自守，羞与卿相等列，人各有志，亦足以风厉薄俗，然而未免过激矣。

伊尹负鼎，太公垂钓，待时之清也。《衡门》之诗人不犹是也欤？曰“可以栖迟”、“可以乐饥”，可者，仅可之辞也。曰“岂其食鱼，必河之魴，必河之鲤”；“岂其取妻，必齐之姜，必宋之子”。岂必者，不得于彼者或且得于此也。是诗也，殆隐者有出仕之心，而又恐君之舍近求远也。故婉约其辞以俟君之自悟欤！《序》所谓“诱僖公者”是也。

《菁菁者莪》说

《菁菁者莪》所以殿正《小雅》者，何也？周自文王受命，大统未集。武王继之，遂有天下。成王、周公定礼制乐，歌咏太平。盖休养生息，涵濡数十年之久，而臻兹极盛也。昭王而降，日以陵夷。至于宣王，勃焉中兴，《六月》《采芑》，曾何异《采薇》《出车》之绩？岂不足以列正《小雅》之末？而必以《菁菁者莪》为殿者，何也？

《序》云："《菁菁者莪》，乐育才也。"今夫天下有事，群才奋起。各出其心思才力以奏耆定之功。洎乎天下大定，偃武修文，则又各出其心思才力，以佐一代之制作，而与民更始。及至教化浃、礼乐兴，天下熙熙，无一夫不得其所。而当日之相助为理者，盖少者壮，而壮者老矣。先王知才之不易得，而不可不预有以成就之也，于是乎有育之之法。育之之法若何？《王制》所记详矣。《王制》详其法，诗人歌其盛。详其法，后王可以遵守；歌其盛，百世可以兴起。此《菁菁者莪》所为作也。

说《诗》者曰，君子长育人才，如阿之长莪，菁菁然盛也。君子者，教育之，又官爵之，禄赐之。此所以见君子而喜乐也。"泛泛杨舟，载沉载浮"者，喻人君文武并育，无弃才也。当是时也，成王端拱于上，周公辅理承化于下，天下之怀才抱德者，布列于百执事。"蔼蔼王多吉士"，"蔼蔼王多吉人"，何其盛也。降至宣王，锐意功业，内安外攘，郁然称英明不世出之主，而育才之道乃缺焉。不讲此，《菁菁者莪》所以殿正《小雅》者，意至微也。《鱼丽》序曰："《天保》以上治内，《采薇》以下治外。"郑君《诗谱》曰："先其文，所以治内；后其武，所以治外。"推其意，盖以文王先文德而后武功，故《鹿鸣》以下次序如此。宣王则不然，读其诗，铺张扬厉者惟是军容之盛，车徒之众。而如《鹿鸣》之将以筐篚，《皇华》之送以礼乐，盖无一语及之，先王耀德不观兵之意盖衰矣。古者，天子六军，宣王乃三倍之，毋乃几于黩武欤？

《六月》诸诗，不得与《采薇》《出车》共列正《小雅》者，文德逊于文王也。不特此也，《鹤鸣》诲宣王求贤，《白驹》刺宣王不能留贤。《烝民》之诗曰"德輶如毛"，"维仲山甫举之，爱莫助之"。王氏安石解之曰："盖闵人士之少，而山甫之无助也。"若然，则育才之道缺焉。不讲宣王，其何说之辞。宣王如此，下于宣王者又奚论焉！此《菁菁者莪》所以殿正《小雅》也。

殷人贵富说

《洪范》，商书也。叙五福，一曰寿，二曰富，盖殷人尚齿贵富之说也。夫殷人，何以贵富哉？有虞氏贵德，而天下贤其贤；夏后氏贵爵，而天下尊其尊；周人贵亲，而天下亲其亲。殷人贵富何为者？《仲虺之诰》曰："不殖货利。"《盘庚》曰："朕不肩好货。"又曰："无总于货宝贵富者。"盖即不殖货利，无总货宝之说也。吾请得而申言之。

说者曰，臣能世禄曰富。盖殷先王不以国家财贿盈绌之为患，而以群臣赏不及世之为患。世禄者，盖分天子之富以富群臣。《书》所谓"永建乃家"，《记》所谓"大夫有采，以处其子孙"是也。子孙贤，有位于朝，无论已；子孙即不贤，不得仕进，犹得食其采地之所入以世世保有其家。夫其禄足以及世世子孙，不可谓不富，然非有大功德及于民者不及此。则富也者，盖积德累功致之，非积财致之也。人之情，谁不欲富，谁不欲子孙世有其富。明知财贿之不足恃，而懋赏之足以垂之百世，永永无极也。则谁不精白一心，积德累功以事其上者。

贵富者，盖殷先王所以激劝群臣，而以之为厉世摩钝之具也。由大夫而上推之，分诸侯以百里、七十里、五十里之地，而诸侯富矣。由大夫而下推之，取民有制，七十而助，而庶民富矣。殷人贵富，天下无不富者。祖辛以来，上下奢侈，盖久富之所致也。然富之名与后世同，而所以富者则异，殷人之富岂若后人之抢攘哉！吾故曰，贵富者盖即《仲虺》"不殖货利"、《盘庚》"无总货宝"之说也。

卷　三

《康诰》解

《康诰》者，武王封康叔于康，祝佗所谓“命以《康诰》”是也。康，畿内国名，马氏融、王氏肃之说可证。郑氏康成以康为谥，盖师说如是，伪《孔》不足信。王肃好与郑异，马君之说不可废也。《史记·卫世家·索隐》引宋忠曰：“康叔从康徙卫。”尤为明证。《逸周书》曰：“卫叔傅礼。”卫叔即康叔，初封康，则称康叔；徙封卫，则称卫叔。无足异者。《康诰》曰：“用康保民。”又曰：“用康乂民。”末又申言之曰：“用康乂民。”或者谓以畿内之康，保乂小民欤？同时如管叔、蔡叔、曹叔、霍叔、唐叔、虢叔、成叔、毛叔、滕叔、邗叔、荀叔，俱冠以地，何独于康叔而疑其为谥乎？当时谥法初制，元勋如尚父、懿戚如鲁公，犹未闻有谥。康叔虽贤，何能遽邀此令典耶！况康叔子曰康伯，岂有父子同谥之理？此尤无待辨者。郑君谨守师承，不当与马君违异，其说盖必别有所本。就今日所见之书推之，则马君之说较长。《书·序》以《康诰》为成王之书，宋儒以康叔封卫为武王时事。其误略相等。《康诰》者，盖武王封康叔于康之诰也。

“观颐自求口实”解申学宪月课，代作

以象求易，尚矣。以象求易而不明乎之卦、互卦及旁通升降之说，则易之象晦，而所以言象者不著。

颐之象曰：“观颐，自求口实。”颐者，养也。观颐者，谓在下之人观其君上所养之贤与不肖也。口实，颐中物。自求口实者，谓自养

也。夫颐何以有养人之象，又何以有自求口实之象，又何以有观其所养、观其自养之象？试一一疏之。

郑康成曰："颐，口车辅之名。震动于下，艮止于上。口车动而上，因辅嚼物以养人。故谓之颐。"《史征》曰："颐者，艮止于上，雷动于下，犹人口动咀嚼饮食，皆下动上止，颐之象也。"此就颐求象，而颐以养人之象著。

郑康成曰："自二至五有二坤，坤载养物，而人所食之物皆存焉。观其求可食之物，则贪廉之情可别也。"自二至五有二坤者，谓二至四互坤，五至三亦互坤，故曰有二坤。虞翻曰："坤为自，艮为求。"坤为自，艮为求者，盖孟氏所传说卦逸象也。此以互卦求象，而自求口实之象著。

郑康成曰："二五离爻皆得中，离为目，观象也。"二五离爻皆得中者，谓二五皆得离之中爻也。虞翻曰："晋四之初，离为目，故观颐。或以临二之上，兑为口，故有口实。"盖颐自晋来，艮因离成。或自临来，震从兑变。故有为目为口二象。此以之卦求象，而观其所养，观其自养之象著。

虞翻曰："颐与大过旁通，兑为口。"盖颐自晋来，息大过，故取兑口为象。此旁通求象之说也。侯果曰："此本观卦。初六升五，九五降初，则成颐。是自求口实，观其自养。"此升降求象之说也。

若是者，盖根据经义，确守师说。推求乎卦变、爻变之例，探索夫盈虚消息之本。其义至精，其理至确。吾故曰，以象求易，而不明乎之卦、互卦及旁通升降之说，则易之象晦，而所以言象者不著。

贵黍贱稷解

《毛诗·良耜》笺曰："丰年之时，虽贱者犹食黍。"《正义》曰："《少牢》、《特牲》，大夫士之祭礼食有黍，明黍是贵也。《玉藻》云：'子卯，稷食菜羹。'为忌日贬而用稷，是为贱也。贱者当食稷耳。故云'丰年之时，虽贱者犹食黍’。”

或有疑之者曰，案《少牢馈食礼》曰：“主妇自东房执一金敦黍，有盖，坐设于羊俎之南。妇赞者执敦稷以授主妇。主妇兴受，坐设于鱼俎南。又兴受赞者敦黍，坐设于稷南。又兴受赞者敦稷，坐设于黍南。”又曰：“上佐食，取黍稷于四敦。”又曰：“上佐食，取四敦黍稷。”《特牲馈食礼》曰：“主妇设两敦黍稷于俎南西上。”又曰：“佐食取黍稷肺祭授尸。”又曰：“祝命尔敦，佐食尔黍稷于席上。”又曰：“反黍稷于其所。”虽间有单言黍者。○如《少牢馈食礼》曰：“上佐食尔上敦黍于筵上，右之。”《特牲馈食礼》曰：“佐食抟黍之类。”要皆黍稷并陈可知。孔氏谓《少牢特牲礼》有黍，引为贵黍之论，岂其然欤？《孝经·援神契》曰：“稷者，五谷之长。”《白虎通》曰：“稷者，得阴阳中和之气而用尤多，故为长也。”《汉书·郊祀志》曰：“稷者，百谷之主。”郑君《周礼》注云：“谷者，稷为长。”蔡邕《月令章句》曰：“稷，秋夏乃熟。历四时，备阴阳，谷之贵者。”历征古训，无贱稷之文。且《士昏礼》、《士丧礼》、《士虞礼》、《公食大夫礼》、《既夕礼》、《聘礼》皆黍稷并设，而《有司彻》注曰：“无黍稷，杀也。”则黍稷似无等差。贵黍贱稷，果何说也！金吾谨考先王制礼之精，推见贵黍贱稷之意，而窃为之说曰：

古圣王之制祭祀也，天产、地产，百物咸备，稷亦百物之一耳。不得以黍稷并设而遂疑贵黍贱稷之说为诬也。《丧大记》曰：“君沐粱，大夫沐稷。”郑君注曰：“以差率而上，天子沐黍与！”是非贵黍之明证欤？“子卯稷食菜羹”，非又贱稷之明证欤？黍属火，南方之谷。《易》曰：“天子南面而听天下，向明而治。”《记》曰：“君之南向，答阳之义。”黍虽微，隐然寓南面当阳之象焉。且周以火德王天下，色尚赤。黍非当王者贵欤？稷秉中和之气，为五谷之长，特以尊无二上厌于黍，乃差贱耳。夫黍稷同类，其为贵贱也微。愚贱或不尽知，先王明示之曰：“贱者非丰年不得食黍。”则人知贵黍矣。又示之曰：“为忌日贬而用稷。”则人知贱稷矣。贵黍贱稷者，别疑似而定一尊也。贾公彦曰：“稷虽五谷之长，不知黍之美。”是以口腹之私测先王制礼之意也，当亦未必然矣。

《周礼》“王日一举鼎十有二”与《玉藻》“天子日食少牢”不同解

《周礼·膳夫》:“王日一举鼎,十有二,三牲备焉。”《礼记·玉藻》:“天子日食少牢,朔月太牢。礼数不同。”郑君康成答赵商曰:“《礼记》,后人所集,与礼违者多,当以经为正。”贾氏疏曰:“《周礼》,周公太平法。《玉藻》据衰世或是异代,故与此不同。”吴氏廷华以盛世奢侈,衰世节俭为疑者。金吾曰,此不度时势者之说也。成王周公之时,天下乂安,物力充裕。周时无牛耕之法,自任载外,惟是共给天地山川宗庙百神之祀,朝觐聘问宾客之牢礼,与夫天子诸侯日食而已。古圣王抚育万类,薄海内外无一物不得其所。日食一牛,何不可者!且宫室有制,衣服有章,车旗有等,岂养生之重而不明示等威者!

夫犬豕,物之至贱者。然士无故不得杀也。大夫有故,杀羊,加于士一等也。诸侯有故,杀牛,无故特牲,加于大夫一等也。天子盛馔六牲,日举三牲,盖亦不过加诸侯一等也,且无一珍贵不易得者。谓之为奢,将诸侯不得食牛,大夫不得食羊,士不得食犬豕也。有是制乎?否乎?周之衰也,拥虚号以临天下,诸侯职贡不入,求金求车,《春秋》不绝书。威福日益替,国用日益绌,天子乃日益自贬损,下同于诸侯。此事之必至,势之所必然者。《玉藻》所记,盖周衰之礼也。吴氏疑之,其亦尝一察夫桓庄以降,与成王周公定礼之始,王畿之广狭,物力之盈绌,相去何如也?

季冬始渔解

《月令》:“季冬命渔师始渔。天子亲往,乃尝鱼,先荐寝庙。”下云:“冰方盛,水泽腹坚。”吾友傅君锡书尝疑之曰:“是月也,水坚冰壮,从何得鱼?孟春,鱼上冰,獭祭鱼。则鱼未上冰,獭不能取也。獭且不能，何有于人？若以冬鱼洁美而必竭泽致之，先王仁民爱物，当不其然。”

金吾曰：“君说良是。试以《潜》之诗通之，可以得其说矣。诗曰：‘潜有多鱼。’传：‘潜，糁也。’《释文》：‘《小尔雅》云，鱼之所息谓之潜。’潜，糁也。谓积柴水中，令鱼依之止息，因而取之也。《尔雅》：‘椮，谓之涔。’注曰：‘今之作椮者，聚积柴木于水中，鱼得寒，入其里藏隐，因以薄围捕取之。’若然，则季冬始渔，或于积柴藏鱼之处取之欤？至孟春，东风解冻，而后渔于川泽之中。《王制》所谓‘獭祭鱼，然后虞人入泽梁’。《诗·鱼丽》传所谓‘獭祭鱼，然后渔’是也。”

傅君曰：“《月令》注云：‘此时鱼洁美。’推其意，盖以冬鱼尤美，故特荐之。毋乃以口腹之私测先王欤？”

金吾曰：“是则亦窃疑之。案《诗·潜》笺云：‘冬鱼之性定。’《周礼·庖人》注云：‘鱼雁水涸而性定。’‘性定’者，或者如‘节耆欲、定心气’之定，谓不再孕育欤？乘其不孕育而取之，仁之至也。《王制》：‘鱼鳖不中杀，不粥于市。’注云：‘杀之非时，不中用。’《月令》：‘季冬始渔。’若然，则季冬始渔者，以其性定也，以其中杀也，非以其洁美也。以郑之说，正郑之误，尊郑学者，或无诮焉。”

傅君曰：“孔氏据《援神契》说，以獭祭鱼为十月时。果尔，则季冬谓之始渔者曷故？”

金吾曰：“孔氏之说非也。古者取鱼自季冬始，至季春止。非是时也，渔者有禁。《国语》：‘宣公夏滥于泗渊，李革断其罟而弃之。曰：古者大寒降、○韦曰，谓季冬。土蛰发，○韦曰，谓孟春。水虞于是乎讲罛罶，取名鱼，登川禽，而尝之寝庙。’又曰：‘水虫成，稓鱼鳖以为夏犒。’○韦曰，谓春时。又曰：‘水虫孕，水虞于是乎禁罝罜麗。’○韦曰，谓立夏。又曰：‘今鱼方别孕，不教鱼长，又行罜罟，贪无艺也。’是其证也。贾氏一岁五取鱼之说，其误与孔氏同，不足泥也。”

傅君曰：“是皆然矣。《周礼》‘鳖人秋取龟鱼’，又何说也？”

金吾曰：“《注》云：‘鱼亦谓自狸藏。’意盖别有一种狸，藏之鱼。

如郑所谓鱴刀含浆之属，与龟鳖一类者，故掌之鳖人，秋以取之欤？不属渔人者，明非鱼也。”

傅君曰：“若是，则季冬荐鱼，始事之献也；季春荐鲔，终事之献也。即一荐鱼之微，古圣王奉先之孝，泽物之仁，有始有卒之义，无不寓焉。非君好学深思，实事求是，其不为先儒之说所囿也者有几！”

圜丘名禘解

郑君康成以禘为圜丘大祭，王肃非之。考之《礼经·祭法》，说禘不曰圜丘。《周礼》圜丘不名为禘。肃说似非无据。金吾尝以之难褚君仙根，盖就《公羊》言《公羊》耳，非说禘也。若说禘，则郑君之说不可易也。何以言之？

《国语》曰：“禘郊不过茧栗，烝尝不过把握。”夫茧栗蒙以禘郊，烝尝限以把握，不与《王制》所云“祭天地之牛角茧栗、宗庙之牛角握”适合耶？若然，则禘为圜丘大祭，章章也。董子曰：“天地者，先祖之所自出也。”若然，则王者禘其祖之所自出，为圜丘大祭，尤章章也。如是说也，庶有以折肃之妄，杜来者之惑，而著郑学之不可以浅见寡闻测也。《周礼》五命赐，则郑君谓惟刘子骏识之。金吾窃谓圜丘名禘，惟郑君识之尔。

《公羊》禘大于祫解

郑君康成据《公羊传》“大事者何？大祫也”，谓祫大于禘。王肃、张融、孔晁祖刘歆、贾逵、郑众、马融之说，谓禘大于祫，且引《逸礼》以证之。孔氏曰：“郑不从者，盖以《公羊》为正，《逸礼》不可用也。”

案《僖三十一年》何氏注曰：“禘比祫为大。”显与郑君所据《公羊》之义违异。金吾曰，郑君所据，非真《公羊》义也。郑以祫大于禘者，盖禘则各就其庙，祫则合食太祖。太祖者，后稷也。后稷以上惟帝喾配昊天上帝于圜丘，《祭法》所谓“周人禘喾”是也。禘喾于圜丘，不于宗庙，则宗庙之祭无大于祫可知。若何氏所据《公羊》之义则不然。《公羊》之义，禘不施于圜丘也。王者禘其祖之所自出，以其祖配之。所自出者，太祖后稷之父帝喾也。祫则祭太祖，禘则祭太祖之父，以太祖配且功臣皆祭，其大小又不辨可知矣。

"大事者何？大祫也。"盖言小于禘而大于时祭耳。郑君附会《传》文，创为"祫大于禘"之说，非真《公羊》义也。何以言《公羊》禘不施于圜丘也？《宣三年》传："帝牲不吉，则扳稷牲而卜之。"注曰："帝，皇天大帝，在北辰之中。主总领天地五帝群神也。"南郊祭昊天上帝，则郊与圜丘不得岐而为二，一以喾配，一以稷配也。郊与圜丘是一，配以稷，则《祭法》禘喾之禘，不得以为圜丘之配也。不以为圜丘之配，则禘为祭宗庙之名可知，故曰禘不施于圜丘也。此何氏"禘大于祫"之义也。或曰，鲁禘若何？曰，鲁以周公为太祖，盖禘文王而配以周公也。

象箸解

有一物也，古以天子用之而以为奢，今以庶民用之而不以为僭者，象箸是也。《史记·十二诸侯年表》："纣为象箸而箕子唏。"夫象箸，微物也，夏后氏之玉盏，殷先王之玉豆，其奢盖亦相等，箕子责之，毋乃过欤？

考箕子之言曰："彼为象箸，必为玉杯。玉杯象箸，必不盛土簋而羹菽藿，必不衣短褐而舍于茅茨之下。将锦衣九重，高台广榭。称此以求之，天下不足其求矣！"若然，则唏者盖唏其不止为象箸也。其后为玉门，为琼室，而且更为象廊。古大臣防微杜渐，先几烛物有如是者。

《索隐》曰："箸，刘氏、邹氏皆音直虑反，即筯也。今按箕子云：'为象箸必为玉杯。'则箸者是樽，音治略反。"案箸、著，古一字。《明堂位》曰："著，殷尊也。"小司马之说本此。又案《龟策传》云："象箸而羹。"《索隐》曰:"箸是筯,为与羹连,或非著尊也。"若是,则箸非尊明甚。小司马亦自知前说之非矣,而犹不忍去之者,好奇之过也。金吾初亦以训尊为是,且以为是时纣恶方萌,或者犹顾惜人言,故先致饰于宗庙之器,以小试其淫巧之技,且以关大臣之口而杜其谏欤?载其说于《丝缀积闻》中,今以《龟策传》证之,非所谓知其一不知其二欤?此学问所以贵乎温故也。

昏礼世俗用马鞍解

吾邑昏礼,妇舆升堂,以马鞍设舆前,妇下舆,令跨之。其说鄙俗不可道。有识者求其解而不得,以为世俗至无稽者,莫过乎是。一二缙绅世族乃有以撤而不用为知礼者。金吾闻之受业师娄东张荼卿先生曰:"是即《士昏礼》'妇乘以几'之'几'也。古者登车必以几,无几则代以鞍。《公羊·昭·二十五年》传所谓'以鞍为几'是也。鞍之设,其遗制也。"

金吾以是推之,世俗以红绸方广各二尺覆妇冠上,名曰方巾,或即《士昏礼》"姆加景"之"景"欤?世俗以布袋藉地,自堂至于寝,壻与妇履之而入,名曰"传代"。或即《昏义》所谓"著代"欤?礼失求之野,观于此益信。呜呼!世俗至无稽者,犹不可轻议,若是,士君子非经术湛深,乌敢轻言议礼哉!

《诗》"天命元鸟"不得作元鸟氏辨

《史记·殷本纪》契母曰"简狄,有娀氏之女,为帝喾次妃。三人行浴,见元鸟堕卵,简狄取吞之,因孕生契"。郑氏《诗·元鸟》笺本之。太史公时纬书未出,则其所从来者远矣。太史公作《五帝本纪》,黜其言之不雅驯者,若然,则简狄吞卵,盖必考诸载籍,信而可征,非言之不雅驯者可比。古来非常可怪之事,何可胜道?后人少见多怪,一以诞妄斥之,谬矣。以诞妄斥之,而又创一说焉,以示独得之见,不更谬欤？如宋林氏岊《毛诗讲义》说元鸟是已。

林氏说《诗》，以毛、郑为主，当光、宁时废《序》之说正炽，林氏独力阐古义，不可谓非有功经学者。若《元鸟》之说则不可训。其言曰："元王桓拨契谓之元。商人禘喾而郊冥，冥即元，冥亦谓之元。《春秋传》少昊以鸟名官，有元鸟氏，契岂其苗裔欤？"又曰："毛云燕至而祠，郑云吞燕卵而生。以此解天命元鸟，皆未必然。"《元鸟》著之，《鸡鸣》又著之，盖矜其新奇可喜也。呜呼！解经不本古训，而以新奇相尚，将何所不至哉！或曰："元鸟氏见《左氏》，岂不足据耶？"《左氏》言元鸟氏，不言元鸟氏之后有契也。如林氏说，必契为元鸟氏后。经传中有明文，乃可不然，不敢信。

《周礼》"共祭祀之好羞"不得作嗜好之物辨

《周礼·庖人》"共祭祀之好羞"注："若荆州之鲝鱼，青州之蟹胥，虽非常物，进之孝也。"宋王氏昭禹曰，好羞者，若文王之菖蒲、曾晰之羊枣之类是也。盖先王先公及先后夫人平生所好，祭祀因而羞之，以生事死，以存事亡也。夫饮食者，人之大欲；好恶者，人之常情。君子之于亲，生则以其所好而致养，死则以其所好而致祭祀，不忘其亲也。斋则思其所嗜，祭则羞其所好，固其宜矣。王氏之言如此。

金吾曰，此似是而非之说也。宋时时享礼馔，外设牙盘常食，名曰荐羞。王氏盖以宋制测之尔。《国语》：屈到嗜芰，有疾，召其宗老而属之曰："祭我必以芰。"及祥，宗老将荐芰，屈建命去之，曰《祭典》有之曰，国君有牛享，大夫有羊馈，士有豚犬之奠，庶人有鱼炙之荐。笾豆脯醢，则下上共之。不羞珍异，不陈庶侈。夫子不以其私欲干国之典。

若如王氏说，祭必羞其所好，则宗老荐芰正合典礼，何得谓之干国之典？唐张均曰："人之嗜好本无凭准，宴私之馔与时迁移，平生所嗜，非礼不荐。平生所恶，是礼不去。"李翱曰："事祖考之义，当以礼为重，不以其生存所嗜为献，盖明非食味也。”若然，则祭祀无荐其所好之礼也。审矣！宋儒不本古意，凭臆解经，其失往往如是。如王氏此说，苟不有《国语》及张均、李翱等说折之，孰不以为精凿哉！

祭地衣服不得同祭天辨

《周礼》：“司裘掌为大裘，以共王祀天之服。”疏：“《孝经·钩命诀》云：‘祭地之礼与天同。’牲玉皆不同，言同者惟据衣服。”吴氏廷华《疑义》曰：“祭地与祭天牲玉皆可同，独大裘必不可同。盖圜丘之祀以冬，方丘之祀以夏，夏则何可服裘？《钩命诀》于万不可同者而独以为同，贻累后人正复不少。”

案《司裘》疏引《郑志》曰：“大裘之上有元衣，元衣者，盖祭天地之正服也。”《仪礼·士冠礼》注云：“凡寒暑之服，冬则裘，夏则葛。”若然，则元衣之下，祭天以裘，祭地以葛可知。言裘不言葛者，举重以见轻也。若夏至不能著裘，岂独吴氏知之？以此为心得，陋矣。在吴氏必曰，大裘之上有元衣，于经无考，郑说不足据也。汉儒确守师承，其说盖必有本，郑所据诸书，贾氏已不及尽知，何况今日？执今日所见之书，而断为无据，谬矣。《疑义》又引陈祥道云“大裘外披龙衮”。舍《郑志》“元衣”而以陈祥道“龙衮”为据，不更谬欤？至《钩命诀》之文，止有“祭地之礼与天同”七字耳，“牲玉皆不同”云云盖贾氏申说之辞，吴氏一并归之《钩命诀》，不又谬之甚欤？吴氏排击郑、贾不遗余力，而其自为说者舛谬如此，是不可以不辨。

裼衣上不更有袭衣辨

古人衣服有裼袭之礼。凡事贵乎文者，裼为敬；事主乎质者，袭为敬。以裼为敬者，则袭为杀，以袭为敬者，则裼为杀。《表记》所谓“裼袭不相因”者是也。裼者，衣也；袭者，非衣也。孔氏《曲礼》疏曰：“裼衣上有袭衣。”《玉藻》疏同此说。盖不敢谓然。何以言之？古者著裘于内，覆以缯衣，乃加朝服。左袒朝服，露其缯衣，谓之裼；掩其朝服，则谓之袭。此雷氏次宗之说也。袭者，掩也。《乐记》疏曰："袭谓掩上衣。"《丧服小记》疏曰："袭谓掩所袒之衣。"盖与雷氏说同。何前后自相抵牾欤？案裼衣之制，《玉藻》所记详哉备矣，独无一语及袭衣。《疏》引皇氏云"裼衣之上加朝服"，亦不言更有袭衣，则袭非衣明甚。聘礼先袭后裼，吊礼先裼后袭。盖袒不袒之别耳。袒者，袒朝服也。袒而露其裼衣谓之裼，不袒即谓之袭。乌得更有所谓袭衣耶！孔氏两解，岂各有所本，未经论定欤？抑前后非出一手也？若万氏斯大以裼衣为即朝祭正服，袭衣为深衣。其谬更甚，不足辨也。

经德秉哲论 申学宪月课，代作

一代之兴也，必有一代之诒谋，以垂一代之大训，而因以为一代之家法。维武汤布昭圣武，缵禹旧服，《书》美之曰"懋昭大德"，《诗》咏之曰"浚哲维商"。夫如是，则商先王六百祀之家法盖可睹也。《酒诰》有之："在昔殷先哲王，迪畏天，显小民，经德秉哲。"德者，性之端也。哲者，智也。经德者，《易》之所谓恒其德也。秉哲者，《书》之所谓"明作哲"也。守则为经德，用则为秉哲。经其德而不变，所以处己也；秉其哲而不惑，所以用人也。

间尝论之。夏之得天下也，以功不以德。禹之德非不至也，无以加乎尧舜之德也。周之有天下也，尚德不尚哲。非无哲王也，文王之迪哲，无以加乎中宗、高宗、祖甲之迪哲也。若然，则经德秉哲，非夏之家法，商之家法也；非周之家法，商之家法也。夫商之所以治天下者，其详不可得闻矣。求之于《书》，"德日新，万邦惟怀"者，汤之经德也。"天锡勇智，表正万邦"者，汤之秉哲也。"允德协于下"者，太甲之经德也。"视远惟明"者，太甲之秉哲也。"式敷民德"者，盘庚之经德也。"予若观火"者，盘庚之秉哲也。"允协于先王成德"者，武丁之经德也。"知之曰明哲，明哲实作则"者，武丁之秉哲也。

惟经德则不迩声色，不殖货利。深仁厚泽，沦浃于民心者久矣。故虽更中丁九世之乱，而万方爱戴，不敢有二志。惟秉哲则天亶聪明，慎简乃僚，辅后嗣者盖敷求哲人矣。故虽有席宠怙侈之习，而帝乙以前，不闻有憸人乱政之事。《诗》曰："率履不越。"又曰："圣敬日跻。"经德者有焉。《易》曰："无有远近幽深，遂知来物。"秉哲者有焉。呜呼！六百祀奉若天命，非经德秉哲之家法不及此。

卢子幹论

古来有通经之学者，不必有济世之才；有济世之才者，不必有忠义之节。兼之者，其汉之卢子幹乎！子幹少事马融，通古今学，好研精而不守章句，《尚书》、三《礼》俱有训解，与郑康成并称一代大儒，其通经之学如此。子幹拜九江太守，蛮寇宾服。讨黄巾贼，功败垂成。皇甫嵩，名将也，行师方略，一遵子幹成规，用以成功，其济世之才如此。灵帝崩，何进谋诛中官，召董卓、子幹。以卓强悍难制，必有后患，固止之，进不从。卓至，大会百官，议废立，群僚无敢言。子幹独抗议不挠，几及于难。其忠义之节，尤彪炳千古，赫赫若前日事。夫自鄛乡以来，中官之势日益炽，握废立之权，操生杀之柄，把持宫掖，胁制天子。内大臣图之，则矫制征兵，任意诛戮；外大臣除之，则强兵悍将，布列阙廷，祸更不测。时势至此，诚亦有不易为力者。然使何进听子幹之言，止董卓之召，而即与谋除中官之策，想子幹智识绝人，要必有从容镇静不动声色，而弭患于极盛而衰之候。乃进轻于一发，蜂虿除而虎狼入室。不久权臣移国，宗社实不血食。君子读史至此，未尝不叹进计之疏，而恨子幹之言之不用也。夫子幹特一博通经学之儒生耳，而先几烛物乃如此。士不通经，果不足用，观于子幹益信。董卓议废立，群臣莫敢有异论。夫子幹非有贲、育之勇，荆、诸之力也，忠义奋发，勃然莫遏。当其直言不屈，盖已置死生于度外矣。见危致命，子幹有焉。蔡邕之救、彭伯之谏，岂先计及者哉！是非本传所谓“刚毅有大节”者欤？呜呼烈矣！两汉以经术取士，子幹有通经之学，又有济世之才、忠义之节，苟得时行道，大展其才兼文武之略，于以辅相天子，振兴经术，风厉臣节，联宫府为一体，使内外如臂指，威中官以法而徐解其党，驭强臣以礼而阴夺之权，黜群小而朝廷之雍蔽去，进贤臣而人主之聪明生。将见天下复见天平之盛，国家藉收经术之效者盖于是乎在。惜也不竟其用，后世徒以通经称子幹也。悲夫！

张平子论

鸣呼！吾乃今知心思周密者之不可与谋人国也。卢子幹以董卓之暴，抗论不屈，卒不损其毫末，而刚毅之节震千古。张平子拜侍中，顺帝问天下所疾恶者，宦官恐其毁己，共目之，平子乃诡对而出。夫中官之暴，非董卓比也。帷幄讽议，从容论事，又非若大会朝堂谋废立比也。而瞻顾畏忌，默不敢发，岂人之度量相越若是远哉！抑心计太密，思虑太周，患得患失，为身计而不为国计欤？汉自中兴以来，学者好为图纬，平子以为非圣人之法，请禁绝之。平子为河间相，王骄奢不道，阴结豪右，多为不法。平子下车，收治奸党，上下肃然。学术政治有可观者，读《应间》、《思元赋》诸篇，又不可谓非明于去就者。何独于宦官而瞻顾畏忌，默不敢发如此。使平子当日不避忌讳，慷慨论列以为天下所切齿痛心，愿投戈于其族者莫宦官，若陛下苟爱怜之，不忍加以诛戮，莫若斥远之，使无与政事，庶几所以保全之。不然者，威福日移，众心日怒，推其极，不至于尽诛其族类不止。即使帝不感悟，而直言骨鲠之风，亦足夺中官之气，而阴遏其窃弄威权之渐。即使帝或震怒，则亦不过贬秩已耳，罢官已耳，迁谪已耳，下廷尉已耳，论输左校已耳，必不至若卢子幹死生决于立谈也。呜呼！是非心计太密，思虑太周，患得患失，为身计而不为国计者不至此。平子研核阴阳，妙尽璇机，作浑天仪、地动仪，创所未有精巧绝伦，崔瑗所谓

“数术穷天地，制作侔造亿”者，良非虚语。其心计之密，思虑之周，可知。今夫心思周密之人，大抵皆患得患失之人也。古来忠臣烈士，直情径行，计不反顾，义烈奋乎一时，声称溢乎千载，夫岂深思熟虑，畏首畏尾者之所敢出哉！夫忠佞之辨，勇怯之分，特一念转移耳。推平子之意，必以为宦官之势方盛，吾即力言之，无补于朝廷，无损于中官，而吾之荣辱祸福不可知。剌剌不休何为者？在平子审时度势，律以明哲保身之义，虽不可厚非，然而国家尊贤养士，安用此持权固宠、窃位苟禄者哉！呜呼！若而人者，顺帝与之谋国家大事，何其傎也！

卷　四

《公羊测义》序

古之人治一经，一经之中治一家，斤斤自守，终其身不敢有尺寸出入，盖所守若是之狭也。所守狭则所志专，所志专则所得日益深，所见日益精，而其著于竹帛者乃历久而愈亮，后之人且研精覃思，自致其心思才力于举世不为之日，以求默契乎作者，盖古今人实相与有成也。如褚君仙根之治《公羊》是也。《公羊》者，微学也。唐以后无专书，若啖、赵之《集传》，陈岳之《折衷》，叶梦得之考若《谳》，或故违其旨，或妄诋其短，或且据《左》《谷》两家以相诘难，孔氏所谓"以冠双屦，将丝综麻"者，非欤？历征古籍，求一以《公羊》之义说《公羊》而不杂《左》、《谷》两家者，盖不可得。

我朝经学昌明，治经之士兼及《公羊》。其所纂述，若《通义》、若《礼疏》、若《问答》，其较著者也。仙根年十一，读《公羊》，好之。稍长，发愤力学，积三十年，钩沉索隐，成一家言，名之曰《公羊测义》。高诱曰："度深曰测。"盖以《公羊》义例精深，故曰测。其言曰："传有可据，则据之以测经；注有可据，则据之以测传。传注两无可据，则旁采《春秋繁露》、《白虎通》及诸经正义中所引《公羊》家说，暨纬候诸书据之以测经传。非《公羊》家说而义与《公羊》合者，间取一二以相佐证。外此者不敢杂也。"噫！所谓专门名家者不当如是耶？

抑金吾更有感者。今天下为《公羊》之学者，盖举世不三四人。而此三四人者，又不获聚处一方，商略名例，敷陈疑滞，质所见之同异，以求归于至当，且各抒所得，合成一书，刊徐氏之野文，就邵公之绳墨，岂不甚善？而何以不旦暮遇之也！不旦暮遇之，则惟各存其说，以待日后之论定，可也。

是书也，必谓胜于《通义》等书，金吾不敢知。然确守一家，不敢尺寸出入，盖何氏墨守之遗旨也。以子应母，如胶投漆，不谓之何氏功臣不可。道光丁亥闰五月昭文张金吾书。

《虞乡续记》序

唐韩文公南迁至韶州，以诗从张使君借图经。若然，则地志者固名人志士所宜究心者也。吾邑自《琴川志》外，有卢氏镇《续志》、张氏洪《新志》，今皆散佚无传。故有元及明初事迹，旧志阙略尤甚。金吾受业师黄琴六先生，搜葺邑中遗文逸事出志乘外者，上溯六朝，下迄明初，仿朱伯原《吴郡图经续记》、《吴门总集》例，为《虞乡续记》六卷、《古虞文续录》二十二卷，以续毛子晋、杨五川书。采摭详核，考订精审，迥非原书可及。言"续"者，示有所因也。夫偏隅下邑，文献不足，水利农田之略，一丞一尉之微，或附见于史传，或偶存于金石，或杂出于山经地志、诗文谱录、百家之说，生五六百年后而欲网罗放失旧闻，钩沉抉隐，补志乘所未备，呜呼难矣！士君子敬念桑梓，有志纂述，若惟是附会古贤，摭拾习见如毛氏《杂记》者，何足算哉！今读是书，循吏若王德刚，孝子若李十二，直臣若董元斋，隐逸若张嵩、虞壆，非皆所谓有关治绩、有裨名教者耶！想其时歌诵功德，观感兴起者，盖不乏人。及其久也，父老无存，后之人见闻不及，修志者限于时日，不获旁搜遐讨，而卓卓不可磨灭者，几至与庸流俗子同归歇绝，可胜慨哉！先生求遗逸于蠹简，寻碑碣于颓垣荒冢，表微阐幽，扶持文献之功实多。世有昌黎其人者，稽有元之故实，访明初之硕彦，其必于是焉取之矣。道光丁亥春二月受业张金吾百拜谨书。

《兰茗集》序

古于二甥，吾姊之第二子也。幼聪慧，出诸昆弟右，年十一二，能文章，见者莫不以远大期之。吾姊有丈夫子四、女子子三，生平所爱怜而属望者，惟古于为最。姊夫郭君小若才名冠一邑，诗尤著。少时意气甚盛，负其才，谓功名可立致。平居酒半，论当世文章得失，人才高下，及古今人不相及，有不可一世之概。为诗文，谈笑间万言立就。其酣嬉淋漓之致，至今犹有能言之者。继而历试南北，郁郁不得志，年四十馀，以贡士得训导，盖进取之志少衰矣。继而古于执笔学为文，崭然见头角，继而古于补博士弟子员。然后喟然叹息，以为不于其身者或于其子，而日望古于之致身玉堂金马也。郁之久者，其发也勃焉。成先人未竟之志，吾将于古于必之，古于勉之哉！古于七赴省试，一不得当意于有司，且所处所遇，又未必尽如其意，宜其有不释然者。夫艰难困苦，不必竟以为天之玉成我也，即借以为专一思虑、心不外驰之助，亦安见其非益我者？有志竟成之说，不尽无征，而必以难得之岁月，有用之心思，徒消磨于戚戚中者，岂不愚甚？吾愿与古于共勉之而共戒之也。今夏，古于自编其所为诗为《兰茗集》若干卷，问序于予，予年来有志朴学，诗词一道，久不措意。于古于诗不能有所可否，而又不可无一言以覆之也，故追道吾姊与姊夫属望之意，及予之所以勉古于者，以为之序。道光丁亥闰月舅氏张金吾书。

《丝缀积闻》序

金吾少时寡所好，稍长知读书。有不解者、疑者辄记之，积如千条，取《傅子》"骰骱吾不知"之意，名之曰《骰骱质疑》，藏之箧中有年矣。年来学为考证之学，乃取向日所记者，条分缕析，朝稽夕考，若寒者之思衣，饥者之思食，睽者之思合，必得之而后快。阅日既久，遂成卷帙，汰其无关实学者，不尽精确者，及前人先我而言之者，厘为四卷，名之曰《丝缀积闻》，而自为之序曰：

夫考证之学，不易言矣。精言之则性天之微，粗言之则名物之迹。大而典章制度，小而声音训诂，何一非读书者所当究心。即使殚毕生之精力以赴之，犹或有知其一不知其二者。盖立说若是之难也。间尝论之，学不惟其博惟其专，且不惟其专惟其精。夫一卷之书，疑义错出，间举一二以相质难，而若人之学识见焉，正不必上下千古，悉综贯而条理之，而后尽其底蕴也。金吾读书，有不得其说者，不敢以轻心掉之，不敢以臆见断之，不敢以附会无稽之说杂之，运之以精思，佐之以载籍，反覆推究，实事求是，要归于至当而止。至若《尚书》之"三江"、"六宗"，《春秋》之"周正"、"夏正"，诸说纷纶，无可折衷，如此类者，概不置论。盖成说，其在读者当自得之，不敢以一己之见，妄为轩轾也。

金吾少孤失学，兼之性喜泛览，未尝有专致之功，即或间有心得，一知半解，曾何足道。惟是学问无穷而人之心思亦无穷，今日见为是者，安知异日不更见为非耶！今日惊为创获者，安知异日不又惊为陈言耶！录而存之，以俟日后之论定，且以验学问之日进否也。嘉庆己巳仲冬昭文张金吾识。

《广释名》序

汉刘君成国著《释名》二十七篇，从音求义，多以同声相谐。其自序云："凡所不载，亦欲智者以类求之。"金吾治经之暇，旁及小学。读其书，陈义尔雅，训辞典奥，古音古义，赖斯仅存。然如释亲属而不及"夫"，释乐器而不及"琴"，释"周弁"、"夏收"而"冔"则缺，释秦晋吴越而蜀不载，诚有如序所云未能究备者。至若"星，散也"，"辰，伸也"，其说孤而无证，不若从《说文解字》"星"训"精"、"辰"训"震"之为得也。"姊，积也"，"妹，昧也"，其说凿而难通，不若从《白虎通义》"姊"训"咨"，"妹"训"末"之为得也。"岁，越也"，"年，进也"，不若训"遂"、训"仍"之声更相协也。"未，昧也"，"酉，秀也"，不若训"味"、训"老"

之说更精确也。"山，产也"，"河，下也"，不若《说题辞》训"宣"、训"荷"之为善也。"江，公也"，"济，济也"，不若《尚书大传》训"贡"、训"齐"之为善也。"州，注也"，不若"殊"也、"畴"也之训为善也。"豫，豫也"，不若"舒"也、"序"也之训为善也。"水波扬"为扬州，不若"厥性轻扬"之说为善也。"在幽昧"为幽州，不若"其气深要"之说为善也。取"兖水"以为名，不若以"兖"训"信"之为善也。取"营室"以为名，不若以"营"训"平"之为善也。"心"之言"任"，"心"之言"衽"，较"所识纤微"之训为善也。"弁"之言"樊"，"弁"之言"槃"，较"两手相合"之训为善也。"斧"为"甫"，不若"斧"之言"捕"之为善也。"钟"为"空"，不若"钟"之言"动"之为善也。"旌有精光"，不若"精进士卒"之为善也。"战恭为旃"，不若"旃表士众"之为善也。"棺，关也"，不若训"完"之为善也。"柩，究也"，不若训"久"之为善也。他若"名"之言"鸣"，"名"之言"命"，则义得两通。"亭"之言"留"，"亭"之言"定"，则说可并存。"易"含三义，必须合"简易"、"变易"、"不易"而其说始备。"诗"有三解，必须合"志也"、"持也"、"承也"而其义始全。

金吾不揆梼昧，辄辑诸经、传、注及诸子、纬候等书，凡刘君所及见者，就原分二十七篇之目，依类广之。俾未载者既网罗前训，而得其指归也；已载者亦博考群书，而备其训释。于以成刘氏之志，未必非小学之一助云。嘉庆甲戌夏五月昭文张金吾序。

《释龟》序

龟卜之法，《周礼》、《左传》略见一二。胡煦《卜法详考》采摭甚略，且阑入吴中俗卜，更失限断。金吾治经之暇，缀辑前闻，成《释龟》二卷，分目十二，以存三代龟卜之遗，博雅君子或无诮焉。系以序曰：

卜法既沦，名物谁辨。《周礼》六龟，《尔雅》八龟，《史记》十龟，称名繁矣。夫一物不知，君子所耻，矧天生神物欤？若三足者贲，四翼者神，以及永昌显庆，万欢呈祥，学者或艳述之。然不适于卜，吾无取焉。述《释名》第一。

兆象曰体。占人之君，占体是也。头甲亦曰体，龟人之辨，其体是也。天道元远，惟龟知天法二仪，应四时，非溢美也。至若南北不同，春秋互异，岂果龟之好变其色欤？抑亦示其灵也。述《释体附色》第二。

《记》曰："麟凤龟龙谓之四灵。"麟曰游，凤曰翔，龙曰见。登也云乎哉？吾闻龟者，天下之宝，明阴阳，审刑德，古先哲王盖不欲与珍禽奇兽同听其去来也。登以献，献以攻，掌于龟人者当必有刳剔之法存矣。然古籍沦已，其法不传，吾故无得而稽云。述《释登》第三。

古者，天子有宝龟，诸侯有守龟。龟为国宝，尚矣。龙旗并赠，圭瑞同颁，宜何如宝贵也。曰室、曰椟、曰笥，所谓什袭而藏者，非昭其慎欤？述《释藏》第四。

羊以衅庙，鸡以衅门，龟何独以雉欤？雉，阳之精也；龟，阴之老也。以阳加阴而龟神矣。惟是建寅建亥，周秦异其时。一衅再衅，康成岐其说。盖未敢以臆见断也。至若澡以水，祓以卵，亦衅之类欤？述《释衅附祓》第五。

《周礼》曰"命龟"，《左传》曰"令龟"，要其义同耳。吾读褚先生命曰"三十三条"，与诸书所载"命龟"者文义绝不相类，意者书之帛以系于龟之占辞欤？抑即太史所藏占兆之书欤？均未可知。然不曰"占"而曰"命"，又何也？诸家注释阙如。姑附之命龟末，述《释命》第六。

龟厌江海，自罹刳剔，何卫身乏术而致用綦神也。吾读《周礼》一书，作龟之法略备，惟阳动阴，惟火致墨，变化无穷，所言尽当。太史公曰："龟策能言。"谅矣。惟灼则以荆，而钻则亦以荆。不以金而以木，而不虞其捍格不入者，何也？述《释作附钻》第七。

三王不同龟，四夷各异卜。若金石，若草木，皆能告吉凶。盖以我之精合彼之精，两精相搏而神应之，龟不犹是也欤？昆虫之所长，圣人不能与争。参以卜，断以龟，不易之道也。昔李华著论，言龟卜可废，或且有以深识之士许之者，岂通论乎？述《释卜》第八。

夫灼龟，观兆应也如响。如处吉凶，别然否，多中于人，美矣。然曰玉、曰瓦、曰原，博古君子或且鄙弃而不屑道，岂果其法之无可稽欤？《周礼》、《史记》记载犹详，究心者或可得十一于千百，小数云乎哉！盖亦好古存佚之一端云。述《释兆》第九。

古者三兆之繇，皆千有二百，富矣。秦焚书，卜筮之书独存。而所谓千有二百者，何竟泯泯也？非不传习之祸欤？虽简编所载，间存一二，而散在诸书，不裒而集之，欲一观诸要难。第占兆之书曰繇，而卜人所占之语亦曰繇。其名同，则亦不妨并列云。述《释繇》第十。

惟古占人岁终则计其占之中否而句考之，意者亦如医事之制其食欤？择贤用占，盖其重哉！三代占兆各异，虽其文略不具，而所谓大小先后，各有所尚者，岂诬欤？吾谓《左传》、《国语》若郭偃、楚丘者，其言莫不中，何其精也！述《释占》第十一。

龟之易，经无明文，先儒盖意度之耳。然苟不岁易，秋曷必取，春曷必攻。且数钻以下，罄龟无腹，则以新易故，固有不得不然者。而所谓龟敝则埋之，非谓既易者言之欤？述《释易》第十二。

《爱日精庐藏书志》序

目录之名自康成始。其有序、释则《七略》、《别录》所由昉也。然目录之存于今者，自晁、陈两家外，惟《读书敏求记》略述源流，故储藏家每艳称之。然卮言、小说、术数、方伎居其大半，下至食经、卧法、鹌谱、鸽论，以及象戏之局、少林之棍、种树之书，与夫《雷神纪事》之荒诞，《孟姜女集》之无稽，兼收博采，并登簿录。虽小道可观，恐难语乎择焉而精矣。若传注之羽翼经训，史籍之纪载朝章，及有关学术政治之大者，则寥寥数种，半属习见，心窃惑之。

金吾年二十，始有志储藏。更十年，合旧藏新得以卷计者，不下八万。今夏略加诠次，为目录一十卷。继又择传本较稀及宋元明初刊本传写文澜阁本另为一编，凡万二千卷。非有裨学问、藉资考镜者不与焉。若有明及时贤著述，时代既近，搜罗较易，故亦从略。其前此逸在名山、为世所不经见者，间附解题，以识流别，名之曰《爱日精庐藏书志》。方今文治休明，典籍赅备，海内操觚之士亦既家握随珠，人怀和璧，是区区者又奚足道？抱残守阙，挂一漏万，大惧无以塞侈然自足之讥。然大以成大，小以成小，如鼠衔姜，如虫负版，心有馀而力不足也。至采录之旨，别择之意，视《敏求记》义例不无少殊，孰得孰失，必能有辨之者。嘉庆庚辰仲夏昭文张金吾识。

《爱日精庐藏书志》序

人有愚智贤不肖之异者，无他，学不学致之也。然欲致力于学者，必先读书；欲读书者，必先藏书。藏书者，诵读之资而学问之本也。汉、唐以来，书皆传写，后唐始有镂版。自是厥后，书日益多。至于今，辇数千金至市，可立致万卷。则当今日而言，藏书亦奚足贵？然而藏书不易言矣。著录贵乎秘，秘籍不尽可珍；椠本贵乎宋，宋椠不尽可宝。要在乎审择之而已。夫所谓审择之者何也？宋、元旧椠，有关经史实学而世鲜传本者，上也；书虽习见，或宋元刊本，或旧写本，或前贤手校本，可与今本考证异同者，次也；书不经见，而出于近时传写者，又其次也。而要皆以有裨学术治道者为之断。此金吾别择之旨，不无少异于诸家者也。

庚辰夏，编《藏书志》四卷，以活字板印行。六七年来，增益颇多，乃重加编次，附入原书序跋，厘为三十六卷，仍其名曰《爱日精庐藏书志》。

间尝论之。藏书而不知读书，犹弗藏也。读书而不知研精覃思，随性分所近，成专门绝业，犹弗读也。金吾少学为诗，稍长，读书照旷阁，与校《太平御览》诸书，为校雠之学者有年。其后泛滥六籍，为考证之学有年。又其后究心经术，尊汉学，申古义，为声音训诂之学者又有年。继而讲求古籍，考核源流，则杂以簿录之学；纂辑经说，采辑金文，则杂以汇萃之学。迄今年垂四十，学问无闻，盖藏而弗读，读而弗专之过也。然尊闻行知，含英咀华，广以观万，约以守一，视世之玩物丧志者似有间矣。宋黄庭坚有言曰："士大夫家子弟，不可令读书种子断绝，有才气者出，便名世矣。"丁顗有言曰："吾聚书多矣，必有好学者为吾子孙。"是则金吾藏书之意也夫。道光丙戌春三月，昭文张金吾识。

《金文最》序

一代之兴也，必有一代之人才，以开一代之运会，而因以成一代之文章。父兄之渊源，师友之讲习，流风渐被，文轨大同，读《文粹》、《文鉴》、《文类》、《文衡》诸书，其尤著者也。至若声明文物不亚四代，而自来无裒集其文，俾与唐宋元明文后先相埒者，则金源一代之文是已。

维金肇兴东土，奄有中原，幅员则广于辽，国势则强于宋，风会所开，一洗卑陋浮靡之习。聿稽武元开国，得辽旧人，文烈继统，收宋图籍，文教由是兴焉。大定、明昌，投戈讲艺，治化休明。南迁以后，赵、杨诸公迭主文盟，文风蒸蒸日上。迄乎北渡，元遗山以宏衍博大之才，郁然为一代宗工，执文坛牛耳者几三十年，呜呼盛矣！

盖尝综而论之。以为大定中君臣上下以淳德相尚，士大夫之学少华而多实。明昌以后，朝野无事，侈靡成风，士大夫之学多华而少实者，杨奂之说也。以为大定以还，文治既洽，教育亦至，一扫五代辽季衰陋之俗者，元好问之说也。以为南渡后，文风一变，多学奇古者，刘祁之说也。以蔡正甫为斯文正传之宗，党竹溪次之，闲闲公又次之者，萧贡之说也。以为金百年来得文派之正而主盟一时者，皇统宇文公，大定、明昌无可蔡公、承旨党公，贞祐、正大礼部赵公，北渡后则遗山先生者，赵秉文、徐世隆之说也。今虽金人遗集散佚殆尽，而所谓存什一于千百者，犹可考见诸人论次之说为不诬也。昔商平叔集金源之诗，冯清甫集金源之文，今一存一佚者，莫为之后，虽盛弗传也。

金吾不揣葬陋，窃取冯氏之意，纂集金文，成书一百二十卷。鸿篇巨制，即所存者，亦可见一代文章之大凡矣。唐刘梦得有言曰："三光五岳之气分，大音不完。"金有天下之半，五岳得其四，四渎有其三，川岳炳灵，文学之士后先相望。维时士大夫禀雄深浑厚之气，习骏厉严肃之俗，风教固殊，气象亦异，故发为文章，类皆华实相扶，骨力遒上，虽竹溪专学庐陵，飞伯力追子厚，希颜上拟昌黎，各自名家，不拘一格，然其大较可知也。后之人读其遗文，考其体裁而知北地之坚强，绝胜江南之柔弱，要不得以大音不完而谓不得与唐宋元明文相颉颃也。道光丙戌春三月，昭文张金吾识。

宋蜀大字本《月令》跋

金吾旧藏宋蜀大字残本《礼记》八卷，装池甫竣，旋遭豪夺。此本《月令》一卷，族子某藏本也。残冬少暇，假归以汲古阁本校读一过，核之校勘记，大半与所引惠校宋本合。若"牺牲毋牝"、○毛本"毋"下有"用"字。"鹰隼早鸷"、○毛本"鸷"作"鸷"。"行縻粥饮食"、○毛本"縻"作"糜"。"度有短长"，○毛本"短长"作"长短"。则校勘记所未及者，谨附著之。

呜呼！岁云莫矣。积逋未偿，穷愁困苦之中而读书不辍，岂性之所好，不以境遇易哉！盖仰屋而唏，徒然无益。且安知天非故厄其遇，俾之家无长物，心不外驰，大肆力于经籍训诂章句之业，而外物之纷纷者，不致累其灵台也！不然，如今日者方持筹握算之不暇，又奚能逌然物外，商榷经义，订一字两字之异同哉！道光丁亥除夕，昭文张金吾书。

《三礼疑义》跋

金吾初得吴氏廷华《三礼疑义》，以其久佚仅见，不及卒读，即列之《藏书志》，且写入《续经解》中。既竣，卒读一过，乃知其书惟以排击注疏为事，于经义实无发明。夫三代远矣，求三代之遗礼，舍汉儒更有何据？譬之问途者，不就其相近者而问之，乃执千百里外传闻之说与相近者相诘难，今之拾宋人唾馀以难汉儒者，何以异是！方今经术昌明，两汉之学如日中天，吴氏邪说存之，固不足惑世，惟是金吾不及卒读，即列之《藏书志》，妄谓吴氏《三礼》之学具有根柢，非一知半解轻议先儒者可比。推波助澜，其罪盖与吴氏等。呜呼！是可为轻易立说者戒矣。

影写元元统刊本《国朝名臣事略》跋

元苏氏伯修《国朝名臣事略》十五卷，成书于天历己巳。越四岁，至顺壬申，刊板于湖北宪司。又三岁，元统乙亥，再刊于崇化余氏。当时之风行海宇，争先快睹，可想见矣。至于今，年更五百，湖北本不可得见，余氏本仅有存者，惟摹印较多，板本不无断烂，据之传钞者阙之可也。乃有删改字句，意为补缀者。噫！窜乱旧籍，其误非鲁鱼帝虎比也。卷九引王文肃公家传述许衡之言云："人心犹印板。"然板本不差，虽摹千万纸皆不差；本既差矣，摹之于纸，无不差者。呜呼！是可为踵谬袭误，苟且刻木者戒矣。金吾旧藏余氏刊本，首尾完善，字画清朗，间有模糊处，倩友人程君某依淡生堂影写元刊初印本补之。家芙川从予影抄一分，即此本也。从之影写，行款点画，一依原书，毫发不少异。且详校三四通，十五卷无一误字，可谓慎之又慎者。视流俗钞帙，不可同日语矣。予家藏书，旋遭豪夺，原书不知流落何所，芙川此本不益珍贵哉！

影宋本《营造法式》跋

《营造法式》图画，界画工细致密，非良工不易措手，故流传绝少。同里家子和先生购访二十年不获。文孙芙川见金吾藏本，惊为得未曾有。假归，手自缮录，画绘之事王君某任之。既竣事，出以见示，精楷迥出金吾藏本上。语云："莫为之先，虽美弗彰；莫为之后，虽盛弗传。"子和先生于是乎有孙矣。夫祖宗之手泽，子孙或不知世守，况能以先人之好为好乎？且嗜好之不同如其面焉，祖父所好者在是，子孙所好者或不在是，不能强而同也。孝子贤孙慎守先泽，一物之微，罔敢失坠，如是者盖已不数觏矣。而必责以仰承先志，搜罗未备，其亦尝一察其所好何如，而强之以素未究心者哉？虽然，旷百世而相感者，同气之求也；越千里而相通者，同声之应也。况一体相承，曾无间隔，家学渊源，渐染有素，而必谓继志述事，不能必之子若孙者，非通论也。芙川好学嗜古，吾邑中盖不多见，而金吾所心折者，尤在善承先志哉！

《稽瑞》跋

予友陈君子準，藏唐以前书略备，然秘不肯示人。唐刘赓《稽瑞》者，其尤秘者也。有唐定大瑞、上瑞、中瑞、下瑞四等之目，元日朝会，上寿已，尚书奏天下瑞凡几，群臣毕贺而退。甚盛典也。

夫符瑞之事，圣王不道。然龙图龟书，自古侈为盛德之应，且上有所好，下必趋之。魏郑公，名臣也，有《祥瑞录》。韩文公，大儒也，有《连理木颂》，有《贺庆云表》、《贺白兔白龟状》。而必以为休征嘉应，无足纪述，是岂所谓知人论世者欤？《稽瑞》世无传本，子準得之吴兴书舶，盖明嘉、万时刊本也。以其绝无仅有，即以名其所藏书楼，秘之十年，且要约不得借钞，始出示金吾，盖一见之难如此。未几，子準死，书尽散。《稽瑞》以值昂，无过问者。家芙川从其家传录一分，即此本也。子準尝曰："书贵缄秘，不缄秘则流布广，而视之必轻。使是书由我而轻，我之罪实甚。"金吾则曰："书贵通假，不通假则扃鐍固而传本易绝。使是书由我而绝，我之罪更甚之。"二说者岂竟无一是之欤？何两家书不二十年俱化为烟云耶！若然，则藏书者果操何道而可以世守勿替欤？芙川尊大父子和先生好藏书，芙川绳其祖武，庶几能世守勿替者，其亦一察夫子準与金吾之说，果孰得孰失也？

影写宋刊本《北山小集》跋

宋椠本《北山小集》四十卷，吴县黄氏士礼居旧藏，转入汪氏艺芸书舍，金吾从之影写一分，芙川此本又从金吾藏本传录者。尝见藏书家得一宋元旧籍，辄思秘之帐中。噫！此何说也！古之人读书稽古，萃一生之心思才力以成一书，难矣。萃一生之心思才力以成一书而历七八百年，几经兵火，旧椠如新，抑又难矣。爱古者，碎金片石，断砖剩瓦，犹且公之同好，互相激赏，况书籍为作者精神所寄、灵爽所凭者欤？得之者其亦思古人成书之难何如，流传之难何如，今既幸为已有，冥冥中郑重付托，大望后之人广为传布者又何如，乃谬为爱护，秘不示人，甚无谓也。是书传本绝稀，今一时顿有三四分，维艺芸主人不吝通假之功实多，其诸得古人传之其人之意者欤？道光叁年八月上浣张金吾书①。

明修撰张止菴先生《待漏图》跋

明修撰张止菴先生《待漏图》，清江郑氏克修笔也。图后缀先生手书自序一篇，《四书解义》、《周易传义会通》、《尚书补传》、《诗经正义》、《春秋说约》自序各一通，后附吴思菴先生跋。卷长二丈有奇。先生裔孙家韵溪兄所藏，今春出示金吾，属题卷末。先生穷经绩学，及出处事实，自序言之详矣，不更赘。窃惟先生耄年笃学，著述等身，读《四书解义》等书自序，粹然一出于正，于程、朱之微言大义，不可谓不造其堂，不哜其胾者。乃年未五百，散佚殆尽。古人称三不朽，学者所强勉以冀者立言耳。如先生者，犹不获有一卷之书表见后世，况

① 此句原本无，据《四部丛刊续编》本《北山小集》补。

不及先生者乎！观于先生，而勤一生以尽力于文字间者，盖慨然失矣。

虽然，先生之书虽佚，先生之学术行谊与夫奉使绝域、不辱君命，览斯图也，盖不啻见而知之。欧阳子曰："修之于身，施之于事。"先生有焉。若然，则先生所以不朽者盖自有在，而世之人仅以著述之不存为先生惜者，非真知先生者也。道光丁亥三月，同里后学张金吾谨跋。

荻洲张公蒲江《政迹图》跋

从兄铁楣任四川芦山县令，归为金吾言荻洲张公官蒲江时，兴修水利之实曰："公于乾隆丙子丁丑间莅蒲，治蒲十一年，多惠政，蒲山多水少，灌溉不给，民苦之。公开浚龙爪等堰十六道，灌田一十八万二千馀亩，岁获丰稔，民食以充。予尝以事道出蒲江，入其境，有父老三四人迎谒舆前曰：'公，常熟人也，得非我前令荻洲张公之族人耶？'述公十一年德政甚详，且询后人何若，予一一告之。始欢跃去。宋王益为韶州守，吏民称颂，历久不绝。予每读半山《答张殿丞书》，未尝不慨然想见其为人。今观于公，益信。"

金吾曰："为政贵乎实。今天下兢言水利矣。求其历六七八年，民被其泽，称道弗衰者盖寡。若公者庶几以实心行实政者乎！"从兄曰："然。"芙川，公之曾孙也，追晞祖德，出公《政迹图》见示。从兄之言，盖于是乎验矣。异日者，吾邑有官于蒲江或蒲江有官于吾邑者，持此图以示，蒲之父老必且有瞻仰涕泣，指示子若孙以一识公面目为快者。呜呼！观斯图也，为令者其亦知以实心行实政哉！道光戊子冬十有一月同邑后学张金吾书。

自书《金刚经》跋

唐侍御武君丧其配，就浮屠师图其所谓佛者而礼之，韩文公为文吊之曰："图西佛兮道予勤，以妄塞悲兮慰新魂。"呜呼！人当不可奈何之日，借资于杳冥恍惚之事，以冀万有一然之验，而稍舒其哀痛惨怛之情，盖亦无聊之极矣，而必斥之为妄，过矣。亡妻季孺人既卒之三月，闺帏阒寂，孤灯无焰，精魂遐漂惝恍，若迷若惘，思有以稍抑其哀而不可得。有为浮屠氏学者以《金刚经》进，经云："有人书写、受持、读诵，功德不可思议。"金吾乃焚香告佛，愿手书《金刚经》一卷，持诵一千零八十卷，祝亡妻往登觉岸。始某月日，讫某月日。呜呼！一诚感格，妄者不妄。唐李献弟死，烧一指以祷于神，弟竟复生。当烧指时，孰不以为妄者，而弟竟复生，非一诚感格，妄者不妄耶！释氏之说，历千馀岁而弥盛，其不尽妄可知。世无昌黎，以妄塞悲之诮，吾其免欤？

卷　五

覆褚仙根问禘郊宗祖书

承示《公羊测义》一书，推阐精密，洵专门绝业也。辱询禘郊宗祖诸说，金吾学非专家，奚敢以一知半解仰赞高深？然质疑问难，古人所贵。言之是欤，互相证明，而自信益坚也；言之非欤，将讲去其非而趋是也。是与非盖皆有裨于金吾，而且有以致先生之辱教之也，敢不以所知者对！先生，公羊家也。《公羊测义》，公羊家说也。请以公羊之义正先生之说之不合公羊者。

先生禘郊宗祖诸说，大抵皆郑氏康成之说也。有不合公羊者四：以圜丘与南郊为二也，以祭法之禘为圜丘配祭昊天上帝也，以祖宗为大飨五帝于明堂配必以文武也，以南郊为建寅之月祀感生帝也。皆不合公羊义。谨略言之：

盖尝考王肃之说曰："郊与圜丘是一，郊即圜丘，圜丘即郊。《周礼》'圜丘'、《孝经》'南郊'一也。"又曰："《祭法》说'禘'无'圜丘'之名。《周礼》'圜丘'，不名为'禘'。《尔雅》：'禘，大祭。绎，又祭。'皆祭宗庙之名。则禘是宗庙五年大祭，非圜丘也。"又曰："祖宗谓祖有功宗有德，其庙不毁。"《祭法正义》引张融述董仲舒、刘向之说，皆与肃同。董氏，公羊大师；刘向亦公羊家后，乃兼受《谷梁》，其说与江都同，则公羊说也。《宣三年》传："帝牲不吉，则扳稷牲而卜之。"注曰："帝，皇天大帝，在北辰之中。主总领天地五帝群神。"若然，则郑氏所谓鲁不祭昊天上帝者，非公羊义也。鲁郊祭皇天大帝，配以稷。周郊不祭感生帝，祭昊天上帝，可知也。南郊祭昊天上帝，则郊与圜丘，不得岐而为二也。郊与圜丘不岐为二，配以稷，则《祭法》“禘嚳”之“禘”，不得以为圜丘之配也。稽之江都，核之邵公，其说章章若是，说《公羊》者，不得舍其师说而以兼通五经之郑氏为据也。《商颂》正义引《春秋公羊》御史大夫贡禹说：“王者宗有德，庙不毁。”若然，则以祖宗为明堂之配，非《公羊》义章章也。《成十七年》传：“郊用正月上辛。”《公羊》用周正，上文“九月非所用郊”注曰“周之九月，夏之七月”是也。《春秋繁露》曰：“始入岁首，必以正月上辛。先享天。”又曰：“天子每至岁首，必先郊祭以享天。”又曰：“郊以正月上辛。”所以先百神而最居前，盖皆本《公羊》用周正也。《郊特牲》正义引王肃述董仲舒、刘向之说曰：“周之郊于建子之月，迎冬至长日之至也。用辛者，以冬至阳气新用事，故用辛。”若然，则以南郊为建寅之月非公羊义尤章章也。若是者，皆据公羊之义以正先生之说之不合公羊者，先生以为是耶非也？

抑金吾更有不合公羊而可附益先生之说者，谨附陈之。先生曰：“内事有二：禘也，祫也。”金吾谨申之曰：“禘有四：有时祭之禘；有五年一禘之禘；有三年丧毕，禘于其庙之禘；有三年丧毕，祫于太祖，明年禘于群庙之禘。则禘有四也。三年丧毕，禘于其庙，而后祫于太祖。孔氏据《礼》注及《禘祫志》无此文，谓《元鸟》笺不当，独有疑其为误。古人立说，往往互相发明，且有故作龃龉以见博采诸家，备存同异之意。太史公书多所抵牾，盖此意也。孔氏疑之，过矣。祫有三：有三年一祫之祫，有始崩合祭之祫，有三年丧毕，祫于太祖之祫。则祫有三也。杜元凯以《左传》无祫，谓祫即禘，取其序昭穆谓之禘，取其合集群祖谓之祫。此又合禘祫为一之说也。凡此，皆不合公羊而可附益先生之说者，先生以为是耶非也？

金吾少喜泛览，不能专精覃思、成一家之学。年来事多失意，所学日益荒落，尚何敢逞其臆见、与专门名家争得失于毫末哉！惟是相知日浅，若匿不以告，不特金吾无以奉教于先生，且大负先生谆谆下问之意。不揆梼昧，略陈蠡测，言无伦脊，惟恕其狂瞽而辱教之。

幸甚！

上朱虹舫先生书

金吾，昭文之贱士也。性喜泛览，不能专心举业就有司之尺度，为猎取功名计。独好取古今经籍文字，推究三代以来声音训诂名物之略，与夫两汉经生专门绝业师承授受之源流，笺释章句之同异。又好读司马迁、董仲舒、刘向、班固及韩、柳、欧、苏、曾、王诸大家瑰伟沉郁奇丽之文，间亦穿穴经传，饰为文辞，以自忻喜。然其学宏深浩博，非愚陋者可及。学之二十年，卒无以表见于世，行年四十，名不出里巷，自愧亦自伤也。往者，尝以家藏诂经之书集为《诒经堂续经解》，执事不弃愚贱，赐序冠首，回环盥读，推阐经训，原原本本，殚见洽闻，仰见大君子崇尚经术、奖勉后进之盛意。惟称誉过当，愧不敢承耳。敬谢敬谢！兹者执事恭膺简命，视学江苏，庠序讴歌，士林振跃，思以一日之长受知执事者何可胜数。金吾屏弃举业二十年矣，久不作功名想，而窃欲随多士后瞻望颜色者，盖以尝辱一字之褒，恒矜而诵之，以为大赐，思得以素所学者陶铸裁成于执事也。

窃闻之，布衣之士，敢以言于其上者，必求知于其上者也。士君子读书为己，原不必急于人知。然一知半解，不求论定名贤，黄馘槁项，没世无闻，是又学者所甚惧者也。唐韩文公上书宰相，至再至三，惴惴焉，以不得出其门下是惧。以文公之立身行己，岂不知自炫自媒之可耻，而汲汲若是者，夫岂走声势、效奔兢，希慕荣利而然哉！盖食贫居贱，不能不借资于名公巨卿者，势使然也。方今文治休明，上有鸿儒硕彦著作之才，下有翢中彪外，华国之选，菁莪化洽，群贤济济。如金吾者，何足比数。然研经学古，泛滥六籍，盖有年于兹矣。虽不敢谓有一言之几于道，似亦不可谓无志者。所赖当世畜道德，能文章，负天下重望如执事者，陶铸之耳，裁成之耳。今夫士不见知于名公巨卿，无一事可假而进者，则亦已矣。既有知之者矣，且有可假而进者矣，而又窃窃然逆料名公巨卿之或不礼也，而不敢遽以言通，若是，则名公巨卿即有求士于牝牡骊黄外者，何从而延揽之，何从而称道之，又何从就其性分所近，而教诲成就之哉！

唐侯喜见知卢公，名声昭显于一时，炳耀乎百世。宋黄梦升负其才，不肯以文字求合，卒抑郁以死。然则后之学者，其亦可以知所择矣。夫不事举业之人，矢强勉学问之志，积二十年兀然端坐之功，幸见知于执事。窃希大贤一言，张之以显闻当世，而释没世无称之惧。则其所以求知于其上者，其情亦可哀矣。不揣冒昧，谨献拙著《广释名》、《两汉五经博士考》两种，旧所为文二十篇，惟览其大略而进退之，幸甚！干渎尊严，不胜惶悚待命之至。

上受业师黄琴六先生论古文书

八月六日接奉手书，备承存念，并知隰华之变，庄诵再三，浪然涕流。前呈所为文六十篇，奖许过甚。金吾自八岁列弟子末，先生之勤勤恳恳，教诲成就者甚至。今金吾年四十一矣，学问无闻，而家业不守，言之痛心。金吾所好者藏书耳，周急振乏耳。孰知藏书与周急振乏之破家，更疾于选妓征歌、一掷百万之破家也。然观过知仁，如金吾者，当亦仁人君子所共悯惜者也。金吾自去岁六月以来，寂居少暇，万感交集，心忧忧乎若风中之纛，茫茫乎若浮大海而不知其所往。诚恐忧能伤人，为知己者无穷之虑，故肆力文字间，以强自排解耳。先生奖以潜心著述，上媲古人，何敢当哉！何敢当哉！今夫不可强求者，功名富贵也。可以自力者，文章学问也。古人穷愁著书如太史公，所列者何可胜数！虽瑰伟倜傥磊落之士，非后人所敢希望万一。然抑郁无聊之际，不就性分所近者强致力焉，而徒以惨怆怛悼消磨岁月，甚无谓也。间尝读韩昌黎《上兵部李侍郎书》曰："愈性好文学，因困厄悲愁，无所告语，遂得穷究于经传、《史记》、百家之说，沉潜于训义，而奋发乎文章。"又尝读柳子厚《与杨京兆书》曰："宗元自小学为文章，未能究知为文之道。自贬官来，读百家书，上下驰骋，乃少得知文章利病。”若然，则金吾今日宜致力者，莫古文若矣。金吾于古文一道，少未究心。岁辛巳，同吴君心葵、陈君子準相约为说经之文，月一课，前所呈《诗说》诸篇是也。吴项儒先生尝谓金吾文无艰难劳苦之状，近欧阳公；滔滔不竭，有一往莫遏之势，近苏文忠公。迩来忘其愚陋，窃自奋发，庶几有以实其言者，然而岂易言哉！为文之道，必先昌其志、养其气，淬厉其心思，而后探索乎经史，出入乎百子，沉潜乎韩柳欧苏曾王诸大家，寻其蹊径，究其法度，推求乎古今相变之道，文质相生之本，长短高下丰约之宜，而又继之以不倦不杂，不敢望速成，优游浸渍，与之俱化，然后澄心息虑，发为文章，又必去其言之蹈袭者、杂乱者、不合于道者，及其词句之卑靡破碎者、诡谲不经者，与夫艰深以为古、组织以为工者，不矜才，不负气，要不悖于古之立言者而后止。夫如是，庶几有以实项儒先生之言者，岂易易哉！

虽然，学之难，而得指授尤难。譬之行路，知其所向，虽远，无不至者，背驰焉则终不至矣。昔之人有学操琴者，不能得硕师而传其谱，学之十年以为极工，出而操之，人皆大笑曰，何清浊之乱而疾徐之乖也。金吾之文，毋乃类是！惟先生定其是非，示以准的，俾昭然识所指归，不至航乎断港绝潢，为有识者所笑。幸甚！

先生经史论说，及诗古文辞皆卓卓可传，纂辑邑中掌故，扶持文献之功实多。千秋盛业，表章者，不必尽属子孙也。常熟不废，先生不朽，此非金吾之私言，实一邑之公论也。隰华既死，茉卿先生遗文零稿，金吾不能为之收拾，重负茉卿先生矣。

暑气渐衰，秋风益高。金吾行将策马长安道上，博升斗禄，为糊口计。前路茫茫，听之天命。即使一蹶不振，终不作阮籍穷途之哭。惟三十年，师弟不获长侍左右，是可痛耳。伏惟先生追念金吾受学之久，怜其境遇之穷，结习之不易除，而一一辱教之，且为道自重，慎勿以事多失意，长此郁郁也。

覆陈君子準论五经博士书

辱示诲墨，开益良多。感佩！感佩！中有与拙见互异处，不敢强为苟同，谨就一得之愚，质诸左右。其言之质直，恃惠子之知我也。

《后汉书·翟酺传》孝文帝始置五经博士，前据家藏北宋重刊景祐本改作“一经”，引浚义之说以证之。○王伯厚曰：“孝文时五经列于学官者惟《诗》而已。”今读手书，并寻绎注，意自合以五经为是。惟孝文置五经博士，别无明文可证。章怀注云：“不知何据。”盖亦阙疑之意。○惠氏补注曰：“何氏云：刘歆移书太常博士云，汉兴，至孝文皇帝，天下众书往往颇出，广立学官，为置博士。”子超之言，即以子骏为据可也。案何氏于“天下众书往往颇出”下删去“皆诸子传说”五字，指为孝文置五经博士之据，岂其然？窃意文帝时止名博士，本无“五经”之称。翟酺云云，盖从后追称耳，不必曲为之说也。又案刘歆移书太常博士曰：“至孝文皇帝，天下众书往往颇出，皆诸子传说，犹广立于学官，为置博士。”若然，则孝文时止有传记博士，无五经博士也明甚。吕氏之说○吕祖谦曰：“孝文尚置传记博士，安有独遗五经之理？毋乃似是而非欤？又曰：“至孝武皇帝，颇有《诗》《礼》《春秋》先师，一人不能独尽其经，或为《雅》，或为《颂》，相合而成。”夫孝武时，尚一人不能独尽其经，而谓孝文时已立学官，是又必不然矣。此则紬绎君说而悟及之者也。浚仪谓齐鲁韩诗立于文、景，盖以申公、韩婴为文帝博士，辕固为景帝博士，故为此说。君以为别无明文可证，良是。君又谓三家诗武帝时立，其说固确。然亦无明证，阙之可也。又案刘歆移书太常博士曰：“往者博士，《书》有欧阳；《春秋》、《公羊》、《易》则施、孟。然孝宣皇帝犹复广立《谷梁春秋》、《梁丘易》、大小夏侯《尚书》。”若然，则施、孟两家，似非宣帝所立。然施雠、孟喜俱事孝宣，又断非武帝所立。意者施、孟即杨氏，施、孟立而杨氏废。故西汉诸儒自太史公外无习杨氏《易》者。从武帝时言之则曰杨氏，从宣帝以后言之则曰施、孟。子骏《易》则施、孟云云，盖亦从后追称耳。拙见如此，敢以质博学者。两汉博士，冠以某经与否，虽无明文，然自李封外，如《公羊》博士严彭祖，○《汉书·儒林传》。鲁恭拜鲁诗博士，○《后汉书》本传。欧阳《尚书》博士阙，○《东观汉纪》。颜氏博士阙，○《后汉书·儒林传》。中兴，有大小戴博士。○同上。不皆足为博士冠以某经之证欤？见于史者章章如此，谓之未见，窃疑过矣。中平中，征荀爽等十四人十四博士，断无一时并阙之理。盖《汉官仪》所谓待诏博士耳。博士十四员，适征十四人，则各习一经，各当一阙可知，又可为博士有某经之证。拙著前以建元以前博士置篇首，建元以后则标某经博士之目，今思某经之称，自前所称外，书阙有间，即或师承可考，而强为附丽，终嫌臆断。爰拟重为更定，首之以博士仆射、博士祭酒领纲纪也，次之以建元以前博士溯旧制也，又次之以五经博士以所习之经为次，不标某经博士之目，存疑也。终之以诸侯博士，不敢与王官并列也。如此庶不没官制之实，亦不失阙疑之意。俟缮写毕，续当就正。

两汉之制，立于学官者置博士。未立学官者，西汉曰议郎，亦曰待诏，《儒林传》所谓"《谷梁》议郎尹更始、待诏刘向、周庆、丁姓"是也。东汉曰讲郎，《儒林传》所谓"擢高第为讲郎"是也。若未立学官而置博士，史无可据，未敢以君言为是也。

学问一道，不废诘难。古人意见不合，往往反覆辨论，非逞辞也，求归于是而已。惟君直谅多闻，幸不置金吾于不屑教诲之列，用敢直陈拙见，尚希一一教正，则拜赐无既矣。

与鹿樵从兄求呈进金文书

去岁六月中，接奉手书，过蒙奖许，以感以惭。本拟即泐覆函，罄吐衷曲，而尘务纷集，刻无宁晷。兼所敷陈，事非一二，非澄心息虑，毕一日之功，不能畅所欲言。日复一日，稽迟半载。日来少暇，用敢缕陈一切。阙然久不报，幸勿为过。

弟裒集金文，成书百卷。盖从事于斯者，九年于兹矣。忆庚午岁，从《祖庭广记》中读党怀英《曲阜重修文宣王庙碑》，及《重建郓国夫人殿碑》，其文浑厚博大，无宋季纤佻之习，心窃好之。继得王若虚《滹南遗老集·读五经辨惑》诸篇，博学卓识，高出古人。继又得《滏水》、《庄靖》二集，闲闲则宏深沉博，用章则冲淡和平，皆不愧一代作者。继又得读《御定全金诗》、《金源风雅》，粲然大备。读其诗，思得读其文；读其文，且思有以汇其文。搜葺金文之意于是乎始。惟金崛起东方，奄有中原百二十年，典章文物不亚前代。大定、明昌之际，人才蔚起，盖蒸蒸乎驾宋元而上之矣。考金人有集者，就《中州集》所载不下百家。汝阳版荡，亡失遂多。历元及明，日就散佚，今存者五家而已。若党竹溪、赵黄山、王黄华辈，当时推为大家名家者，今皆湮没无传。偶有遗文，或载地志，或勒金石，所谓存什一于千百者，又皆沉埋晦蚀，若存若亡。讲文章者，高语马班；好碑碣者，侈谈秦汉。唐以下，视之蔑如也，奚有于金！零简断碣，又安怪其日就湮没也。

且宋自南渡后，议论多而事功少，道学盛而文章衰。中原文献，实归金源。不有总集以荟萃之，何以觇一代文治之隆，人才之富哉！用是不揆梼昧，仿《唐文粹》、《宋文鉴》、《元文类》、《明文衡》例，采集金文，都为一编。自《金史》、《大金集礼》、《三朝北盟会编》诸书外，凡山经地志、金石碑碣，以及二氏之藏、外国之书，无不甄录。合之《拙轩》等五集，分类编次，勒为百卷。取《公羊传注》"最，聚也"之意，名曰《金文最》。巨细不遗，瑕瑜尽录，盖会聚之云耳，非敢操选政也。目录一册，附呈左右，幸为鉴定。

弟少遭孤露，照旷从父视如己子，以教以养，幸得稍有成立。年来留心古学，于制艺一道，日疏日远，岂敢望题名金榜，拜策大廷，作非分之想乎！而又不甘终老牖下，与木石同朽，负叔父教育之恩，吾兄期望之切。不得已，乃别求可以得一微名者。弟不胜大愿，自今日以前之读书稽古，则皆得之于叔父；自今日以后之出处升沉，谨以听之于吾兄。弟有妄言，惟兄审度而主持之，幸甚！

我朝文治休明，海内操觚家潜心著述，苟有一得之愚，辄思效芹曝故事，上献天府，以期不朽。就弟所知者，如胡渭《禹贡椎指》、姜炳章《诗序补义》、龚士炯《历代年表》、梅文鼎《历学疑问》、徐卓全《唐诗录》、仇兆鳌《杜诗详注》、郭元钎《增补中州集》，及吾邑严虞惇《读诗质疑》、陈祖范《经咫》等书，俱经恭缮呈进，仰蒙留览，并有赐帑金刊刻及赐序、赐匾、迁秩、加衔者。稽古之荣，至今艳述，而胡渭、龚士炯则皆以布衣呈进，知进书不限名位也。弟所著《广释名》、《白虎通注》，系儒生一家之言，不敢妄思呈进。《金文最》则一朝文献于是乎在，且宋、辽、金、元俱列正史，宋、元文皆有成书，金独阙如，此亦我朝士子之责也。今既搜辑成编，际右文之世，有献书之路，而乃守世俗拘牵之见，凛自炫自媒之戒，闷诸私室，不敢问世，或有失坠，悔将何及！弟拟于四月中赍底本来京，觅人恭缮正本，于万寿节前求兄缮折呈进。康熙时郭元钎进金诗，圣祖以其未备，申命增葺，赐序刊行。伏读御制序文，知是编荟萃排纂，实禀睿裁。而目录之首，仍题"臣郭元钎补葺"。仰见圣度如天，片长必录，儒生荣遇，旷古未有。弟敢窃附郭元钎进金诗例，兄或嘉弟之勤，俾弟此书上尘乙览，弟不敢望仰邀旷典为宗族交游光宠，或能照郭元钎例，命儒臣补所未备，勒为成书，弟得厕名简末，则弟之志已遂，弟之愿已足，弟之感兄者铭肌刻髓，而求所以报兄者惟力是视矣。

弟辱承知爱，迥异寻常，故敢以此不自揆度之事相托，诚知迹近干求，非读书守分者所宜为。然抱璞者待价而沽，刖足者怀宝而哭，人有挟持，不甘自弃，古今一揆，章章如此。惟望兄竭力为弟筹画，必求可以成弟之名，遂弟之志者。靡顶捐躯，当图报称。燕台在望，伫候覆音。

与周松俦乞代求孙子潇先生撰亡妻季孺人家传书

金吾白：昨面恳代求子潇先生撰室人家传，承谕征室人事实。窃以妇人无外事，非苦节奇烈，无自表见。若以浮泛不切之语，条举件系，敷衍事实，虚词称美，是则金吾素所窃鄙者，断不敢以此厚诬室人也。况室人不及事舅姑，不敢言孝；教子未成立，不可言慈。惟是结缡二十年，黾勉同心，无少差池。从来妇人女子，易与处安乐，难与共困苦，一有挫折，怨怼横生，盖往往然也。金吾不知量入为出，致家业不守，室人忧深虑远，不能强自排解，内损肝脾，抑郁以死，而闺房晤对，曾无片言交谪，是可哀也。金吾好聚书，宋椠元刊，罗列左右，室人闻见既熟，略能辨识，每见金吾重直购书，辄婉言相规曰："藏之多不如读之熟也。"金吾好周急，就足下所知者二：姊丧葬，诸费金吾一人任之，室人一力赞成，未尝稍有吝色也。停云从父夫妇相继卒，遗幼妹一人，室人怜其孤苦无依，迎归抚养。既笄，择配程氏，赍嫁奁具，手自检点，未尝以再从女妹稍置漠视也。为人沉静，作事有始终，尤爱惜物力，一丝半缕，不肯弃掷。尝曰："天下无弃物，安知不适有用耶。"御下以宽，人不忍欺。死之日，婢媪无不哭失声者。一生惟以含忍省事为主。呜呼！金吾所以称述室人者如是而已，不敢一言溢美也。金吾不再另开事实，幸即以此札面呈子潇先生，代求椽笔表章，俾得藉名贤撰述，不遽泯没。金吾世世子孙，感且不朽。

慰郭古于悼亡书

辱惠书，知贤夫人之变，惨怆不忍卒读。仆痛鼓缶，甥嗟问神，境遇否塞，何其同也。呜呼！一棺在堂，容仪不见；栉珥鞶帨，触目痛心。闻小儿女笑声，以为怪异，禁之不可，则掩耳避之。以仆之悲，知甥之悲也。仆向者少有恒产，迩来耗费殆尽。宿资蓄货，扫地无馀。朝夕惟粟米薪刍是急。以仆之贫，知甥之贫也。韩子曰："积善积恶，庆殃自各以其类至。"如仆与甥者，积善耶？积恶耶？知者岂无定论。何天之厄之者，若此其酷也。岂天之好恶，与人异心耶？抑林林总总，实繁有徒，天一任其死生穷达而都不措意耶？将经籍文字，章句之业，抉精剔华，为天所雠，而故荼毒之耶？茫茫大块，欲问无从。呜呼！其亦惟是付之无可奈何，诿之于命，诧为不可解而已，又奚说哉！

又奚说哉！

承示拟于岁杪寄柩附近庵中，仆以为非久长计也。一抔之土所费，盖不过数十金耳。与其尘封僧舍，生者抱戚，死者不安，不若竟葬之为愈也。且甥，不家食者，伶仃孤女，想亦惟舅氏是依耳。若从仆之言，甥心无罣碍，得以专心读书，异日致身青云，为贤夫人扩大坟茔，备一切规制，未为晚也。

呜呼！死者不可复生，哭泣何益！寒威凛冽，春意萌焉。伏望努力自爱，留此身以待天之所以位置我者，以慰贤夫人泉下无穷之望，则大善矣。慎勿如仆之志枯气索，自甘委弃泥途也。

诒经堂记

“诒经堂”在虞山西麓，稍东北曰“致道观”，又北曰“元武亭”。又其北高据山巅，俯瞰一邑者曰“乾元宫”。前有亭曰“辛峰”，则“诒经堂”之北也。迤逦而西曰“虞山门”。吾邑枕山为城，姚广孝《经海虞诗》云“水多归海近，城半在山高”是也。循山而下，金碧翚飞，万瓦鳞次，远望参差如画，吾邑谓之“西城楼阁”，则“诒经堂”之西北隅也。前临城渠，渠之南曰“广积仓”，迤东而南曰“小辋川”，则“诒经堂”之东南隅也。

道光甲申秋，徙居城南板桥，不胜行恭《故宅》之思，爰属昆山王君蕉畦为之图，而仿司空表圣，自记山居之体记之。

“诒经堂”凡三楹，古今诂经之书藏焉。堂之西曰“爱日精庐”，则金吾读书之所，而谨以藏先君子手泽者也。庐之南曰“世德斋”，则曾大父、大父诗集，暨十世祖端岩公、从父若云公校刊各书在焉。又其南曰“青藜仙馆”，毛子晋、何义门、陆敕先诸先辈手校诸书在焉。庐之西有阁曰“诗史”，以藏元刊《中州集》。金吾集金源一代之文，成《金文最》一百二十卷，凡金人著述及当时碑版足资采集者咸附焉。阁之南曰“巽轩”，昔年从锡山得活字十万有奇，排印《长编》二百分，于焉贮之。堂之东曰“求旧书庄”,宋元明初刊本藏焉。庄之南曰“墨香小艇”,元明旧写本藏焉。循庄而北,长廊数十武,有精舍三楹,榜曰“积书”,则先君子创建以贮书者,凡史子集三部通行之本咸在焉。此“诒经堂”藏书之大凡也。

“诒经堂”者,先君子心萱府君所命名。盖取《汉书》“遗子黄金满籯,不如教子一经”也。先君子好学嗜古,所储四部略备,而以“诒经”名堂者,尊经也。金吾少孤,年垂四十,学问无闻,既不能以经术起家,置身通显。又不能谢绝人事,下帷读书如韩子所云“独抱遗经究终始”者,坐拥万卷,言之怍矣。夫藏之名山,不如传之通国;私之一家,不若公之万世。爰就家藏经义中,择其有关实学而世鲜传本者如干种,写成定本,名曰《诒经堂续经解》,俟有馀力,次第付刊。上以成先君子楹书之志,下以待后之能读遗经者。且俾治经之士,研穷钻仰,将见经学日益盛,经训日益明,户马、郑而人贾、服,津逮无穷,岂不休哉!虽然,金吾非敢以此自慊也,夫经明者行修,通经者致用,岂徒循诵习传,为章句之学已哉!尚其博综六艺,精究群言,撷菁华而撮机要,实事求是,以蕲至于古所谓经五涉四、经九通六者,庶几少慰先君子命名之意也夫!

重建传望楼记

事有似易而实难,似缓而实急,似平平无足称道而竟有嗟叹长言之不足者,如吾鹿樵从兄之重建“传望楼”是已。“传望楼”者,曾大父东岩公即十世祖端岩太守“诗礼堂”旧第而式廓之者也。堂西北有轩曰“闻涛”,号最胜,年久废弃,曾大父恢复之,更创兹楼,上下二十六楹。落成之日,赋诗志喜,同时若沈归愚尚书、王西涧佥宪辈,拈韵分题,极一时酬唱之盛。乃遗墨宛在,手泽犹新,所谓“传望楼”者则已付之一炬。识者曰:“废者复之机,毁者成之兆,革故鼎新当不远也。”

道光癸未,从兄由河东观察陈情归养,从子承露以“岑楼”既废,无力更新，乃以“诗礼堂”旧第归之。兄庀材鸠工，不半载而崇楼告成，更名曰“恩赉”，纪君恩也。此外，若堂若轩，靡不修治一新。昔晋平公藏宝之台灾，而公子晏子贺；魏文侯御廪灾而公子成父贺。柳子厚本之，有《贺王参元失火书》。然则是灾也，吾向为承露吊，而今为“诗礼堂”贺也。

窃尝论之。古者大夫、元士有家，家者何谓？有世禄以奉宗庙也。世禄之制废而大夫士无家，于是兴废靡常，迁徙罔定，祖宗之安宅，子孙或不能常有。甚且鞠为榛莽，后之人考其遗址而不可得，求其历三百年堂构依然如“诗礼堂”者，盖其难哉！

先是，叔父息园公官侍御以养亲归，今从兄位监司，复以养亲归。士君子置身通显，奉亲还家，幸矣，盛矣。若两世合揆，亲年又俱臻上寿，其美盛更何如哉！设狃于不治垣舍之说而迟以岁月，非所以承先志、娱慈颜也。兰皋养志之亭，西斋累世之守，是可缓也，何不可缓！以视崇大其居处为自奉计者，其缓急不可同日语矣。

金吾少孤，从父若云公命居“诗礼堂”旧第，以养以教。迨从父物故，“传望”倏为焦土。方疑数不可知，乃曾未三年，规模如改□，从父之灵不亦为之少慰耶！自是厥后，食旧德，扬前徽，世守勿替，俾“诗礼堂”“恩赉楼”永为我张氏千秋宗仰，岂不休哉！爰创难易缓急之说，兼著金吾嗟叹之私，以应兄属记之命，而书于曾大父《归复闻涛轩》诗册之后。道光四年七月从弟金吾记。

武康访东野井记

道光丙戌，妻弟言心香尚熙署浙江武康县令。次年春，过其署，阅县志，有孟东野遗井。翌日，偕同里钱古香廷恪先生访焉。出县治里许，有隘巷，榜曰“东野故里”。入行三四百步，不见所谓井者，问之里人，茫然不知置对。或曰，去此百馀步，有桥，旁有井，或者是欤？又行一二百步，不特不见有井，并不见有桥，乃废然反。

唐时宜城驿有楚昭王井，相传有灵异，人莫敢汲。昭王，楚之贤君也，小民思其恩德，历久不忘，井亦随之不废，宜也。若东野，盖钩章棘句一诗人耳。□□拥高牙大纛，声势赫奕，焜耀一时。或且子孙贵盛，金紫相望，而身死未久，泯焉歇绝者，殆不可数，百年后，抔土无恙者盖寡，井何有焉。东野位不过大理评事，且无子，阌乡道卒。非樊宗师，几无以葬。呜呼，天之厄之者，何其甚也！东野之卒，历千馀岁矣，而其名昭乎若日月，浩浩乎与天地无极。区区一井之微，犹令后之人流连慨慕，唏嘘凭吊，心目间俨然有一东野其人者。呜呼，天之寿之者又何其久也！

柳子厚谪永州司马，一泉石一草木经子厚品题者，莫不为后世所慕，想见其风流。呜呼，东野之井不犹是也欤！夫凿地为井，古来不知凡几，是井也，即幸存不废，形制盖可想见。井以东野重，东野不以井重也。入是里也，重山叠嶂，若近若远，桑麻遍野，寂寥无人。罢然而望，悠然而思，东野之流风馀韵，不啻恍惚遇之。井之存不存，可不论也。

卷　六

先府君家传

呜呼！先府君没二十八年矣。金吾不肖，不获求当代立言者表扬万一。非敢待也，盖恐失其实也。今夫为人子者，孰不欲褒扬其亲？先人无善可述，而虚词以称美之，其失也诬；先人有善可述，或不得其实，或称美过当，转无以传信后世，其失也谬。金吾之生也，先府君年五十矣，越十三年而先府君卒。以故先府君之学问行谊，金吾盖无一知者。于此而欲论撰一二，不失之诬者，必且失之谬。岁历两纪，不敢□□。

虽然，先府君学问深邃，金吾不及知，然所辑《□□□注稿》犹在也。其书以郑氏为主，辅以孔疏，及卫氏所集一百四十四家之说，陈氏说之可取者亦予采入，博而不繁，简而不漏，体例与江氏《训义择言》相近而精审过之。此可以见先府君之学问矣。先府君行谊敦厚，金吾不及知，然所刊之《世谱》犹在也。吾家自元末徙居常熟，历年四百，家谍散佚，先府君承大父志，广搜博访，历二十年成《南张世谱》八卷，付之筑氏，以授通族，非谊笃一本者不及此。先府君同祖弟停云从父壮年丧偶，贫不能自存，先府君延之于家，授以室宇，为之继娶，后乃稍克自立。此可以见先府君之行谊矣。呜呼！金吾敢以称述先府君而自信不谬者如是而已。

抑金吾更有说者。士君子置身通显，则必先尽其职分所当为，学问行谊盖其次也。若伏处里闬，谋猷经济，无以自见。所以传信后人者，惟此学问行谊而已。苟或一失其实，俾死者有愧，生者不信，将后之人何以考信哉！

金吾之生也晚，先府君学问行谊既不及知矣，若采摭失实，或致谬于是非，为先府君辱，则金吾之为罪滋重。谨论次其卓卓在人耳目者，以俟当代立言君子择焉。

先府君讳□□，字□□，一字心萱。诸生，江苏昭文县人。

先太孺人家传

呜呼！先府君既卒之三年，而太孺人卒。是岁金吾年十六矣。太孺人所以事大父及所以相先府君者，金吾不及知。而所以事大母苏太恭人者，犹得见其一二，窃论次金吾所见之实及所闻于二姊者，谨为先太孺人《家传》曰：

太孺人，姓邵氏，先府君继室也。先府君为大父长子，分居别第，太孺人间五日，必至大父母所问安视膳，承欢一日。如是者以为常。其后，大父卒；又其后，先府君卒。太孺人所以事大母者益谨，滫瀡甘旨之奉相属于道。一日，以烝鸭奉，□□□受，太孺人反覆审视，见有一蝇清渖中，大惊，□□□不谨若是，即至大母所谢罪。大母实不知，盖以两叔父先有馈献，故不受耳。太孺人归，寝食不安者累日。自后必亲视烹饪，乃敢以进。呜呼！是非所谓孝且谨者欤！

二姊者，前母席太孺人出也。二姊尝语金吾曰："人言后母之贤者，必曰视前妻儿女如己出。若我，则自襁褓至稍长，至嫁，至今日，盖未尝一日知太孺人为后母也。"太孺人疾亟，姊侍奉汤药，衣不解带。及卒，姊哀痛不欲生。既除丧，每一语及，辄哭失声。呜呼！此固姊之纯孝性成，亦可见太孺人慈爱真挚，盖沦浃若是深也。二姊又尝语金吾曰："先府君治家严肃，太孺人济之以宽，生平无疾言厉色，而佐理家政，内外秩然。阃以内，终太孺人世，不闻诟谇声，亦不闻嬉笑声。"呜呼！是岂不足为佐内治者则欤！

或曰，妇人无外事，非苦节奇烈，盖难表见于后世者。然则安常处顺者竟无以自见欤？古之所谓贤母者何以称焉！太孺人孝谨慈惠，其真出于天性然者耶？非古之所谓贤母者耶？金吾不肖，不获置身通显，为太孺人表扬万一，而徒以为子者之言，略著一二事，以冀传信后人，不亦难欤！虽然，金吾之传太孺人也，不敢有□□□美，天下惟不诬者乃可不朽，安见为子者之□□□信哉！世有立言君子，幸采择焉。

叔父若云府君家传

鸣呼！金吾非叔父无以成立，今虽家业不守，大负叔父教育之意。然二十年读书稽古，得以有一知半解者，叔父之教也。金吾既撰《先府君家传》，谨论次叔父成就后学之志及所以抚育金吾者而为之传曰：

叔父讳□□，字子瑜，一字若云。江苏昭文县人，诸生，由州同知加四级，诰授朝议大夫。金吾年十三，先府君卒。年十六，先太孺人卒。太孺人疾亟，以金吾属叔父。既卒，叔父抚金吾如子，以教以养，且为经理田产，俾得□□□学，时时以读书敦本、无隋家声为勖。

金吾年□□□，补博士弟子员。叔父以田产归金吾，岁会月要，丝粟不苟。金吾自读书外，性无他嗜。田租井税，尤不措意。惟日究心于声音、训诂、名物、度数之学，见有宋元旧椠，及秘不经见而有关经史实学者，不惜重价，要以必得。叔父既卒，益以聚书为事，盖四方书贾奔走门墙者二十年，而家业尽矣。叔父之卒也，金吾年三十矣，犹不知量入为出若是，况十六七时乎。鸣呼！二十年兀然端坐，穷搜博览，非叔父之力不及此。叔父尝语金吾曰："藏书不如读书，读书不如刻书。藏书者好名，非好学也。读书者为己，不为人也。若刻书，则上以寿作者，下以惠后学，绵绵延延，传之无极。夫成就一己，不若成就天下后世之人为愈也。吾老矣，不能力学。惟就吾力之所及，成就天下后世之学者，是吾之志也。”叔父之言如此，不可见其所志之大且远欤！叔父校刊诸书如《太平御览》、《学津讨原》、《墨海金壶》、《借月山房汇钞》，世多有之，是以不论。若设立从善公局，捐资不下二万金，非叔父所以传者，故不著。叔父既卒之五年，“传望楼”灾，书籍刊版无一存者。呜呼！叔父端方正直，乡里无间言，乃身死未久，罹此惨酷□□□□，尚可问耶！虽然，为善无不报，而迟速有时□□，□之言有可征者。

叔父之孙承露弱冠食饩于庠，专心读书，不问家事，是必能大其家者，叔父之食报盖于是乎在。呜呼！如金吾者，异日将何以见叔父于地下也！

陈子準别传

呜呼！金吾友朋中以学问相切磋而同以聚书为志者，陈君子準一人而已。君既卒，金吾方痛独学无友，乃不一年而藏书尽遭豪夺。又一年，而君所藏者嗣子亦不克尽守。聚散无常，盛衰莫必。呜呼！可感也已！

君，介者也。性不喜酬酢，独与金吾善。往来过从，无十日不相见。君尝语金吾曰：“著述不惟其多，惟其精。荒江老屋苟有以表见于后世，一卷之书足矣。若广搜博采，中无心得，吾无取焉。”又尝语金吾曰：“内不足者急于人知。君子求其在己者而已。□□□之实，务一时之名，甚无谓也。”又尝语金吾曰：“□□□可不作，亦不可苟作。不作则视之过难而气必滞，苟作则掉以轻心而言必杂。古人所谓十年读书，十年养气者，吾于古文亦云。”之三说者，皆以箴金吾之失也。自君卒后，谁复与金吾语及此者。呜呼！伤已！

君藏书先金吾十馀年，彼时郡中若周香严锡瓒、袁寿阶廷梼、顾抱冲之逵、黄荛圃丕烈四先生辈以藏书相竞，珍函秘笈，流及吾邑者盖寡。及金吾有志储藏，袁氏书早散不及见，而三家之宋元旧椠及秘不经见者陆续四出，嘉湖书贾往往捆载而来，阅之如入龙宫宝藏，璀璨陆离，目眩五色，君与金吾各择其尤者互相夸示，而要必以书贾先至其家为快。五六年中，两家所得盖不下三四万卷。呜呼！何其盛也！

吾邑藏书，自汲古毛氏、述古钱氏后，百六十年来无继起者。至君与金吾而此风复振。乃不及二十年，金吾以逋员而散，君以身死子幼而散。岂藏书果为造物所忌欤？不然，何聚之之暂而散之之速也。后之人必且有援我两人以为戒者。藏书一道，盖自此歇绝矣。呜呼！何其衰也！

君名揆，字子準，江苏常熟县人，诸生。君之著述及好学之实详同里孙长真原湘□□传①，不更著，谨论次其与金吾相切磋者及聚□□□之实，著之篇，以寓盛衰兴废之感也。

张金吾曰：一介不取一介不与之为介。道光癸未大水，君独捐七十万钱为煮粥费。呜呼！是岂介者之所为欤？虽然，惟有所不与者，乃能有所必与。如君者，真所谓善用其财者哉！

傅锡书传

傅君锡书既没之十六年，其友人张金吾论次其好学之实与其可哀者而为之传曰：

君讳绍洛，字锡书。江苏太仓州人。君，武臣子也，幼不好武，读四子书，五行俱下。年十三，习举子业，下笔时有奇语。年十五，尊甫振堂游戎任福山营守备，实为常熟城守，署故巫公祠，去予家不二十步。君随任来虞，与金吾同受业于张茉卿先生，始订交焉。金吾家多藏书，君一见惊为得未曾有，穷日夜读之，两年中尽千馀卷。呜呼！可谓好学也已！一日，读梁元帝《金楼子》，语金吾□□□子云，桓谭

---

① 按孙原湘有《陈子準传》，见《天真阁集》卷四九。

有《新论》，华谭亦有《新论》；杨雄有《太□□□亦有《太元》，古来书籍同名者多矣，何独举此?"金吾曰："盖书既同名，而著书之人又一同名，一同姓耳。"君曰："是不尽然。桓、华古通，桓表，一作华表是也。雄、渊同属喉音，声相近。渊作泉者，避唐讳追改。盖书既同名，而著书之人且一同名，一同姓，其不同者又易相混，故独举此耳。"金吾谢不敏。君之好学深思皆此类也。次年，君以瘵疾卒，年止十六。呜呼！可哀也已！

君，武臣子也。所见者，角力较射、斗鸡走狗而已，而君不一顾也。少所习者，科举之业而已，而君又以为不足措意也。及从茮卿先生游，乃大肆力于经史之学，其识见不加人一等哉！君少未读书，两年中为日浅矣，而所得已如此。苟天假之年，所造岂可量欤！不然，或早遇名师，少而学焉，所得亦必不止此。呜呼！斯人也，而不永年，岂乃祖乃宗不欲变其家风而夺其算欤？抑年少气盛，用心太锐，隐有以戕其生欤？呜呼！可哀也已！

虽然，金吾犹为君幸也。使尊甫后两年官吾邑，或君先两年卒，则金吾终不得识君矣。君之好学终无以表见于后世矣。是两年中，君之千古也，得不为君幸欤！然两年中可以千古之人，而竟至于夭折也，□□□可哀哉！

张金吾曰，锡书之卒也，有大风起西北。或曰，锡书读书若饥寒者求衣食，盖天性然也。其生也或有自来，其逝也盖有所归欤？是说也，金吾不敢知。然今之世族子弟如锡书者几人哉？龌龊者无论已，穷年矻矻，不知《章句》、《集注》外更有何书者比比也。岂好古力学，造物所忌欤？不然，天之赋锡书者何其促也！

自　赞

四十曰强兮，慨去日之堂堂。嗟我幼孤失学兮，又何望乎金马玉堂。忆昔下帷而读书兮，羌不知岁月之如忙。精研训诂考索名物兮，寻汉学之微茫。编金源一代之文兮，盖莫盛于大定与明昌。念载籍之无尽兮，抱残守阙挂一漏万曾何足以云储藏。适吾性之所好兮，终此身以徜徉。

亡室季孺人真赞

是相非相，强名曰相。虽名曰相，其实非相。相本非相，何必著相。既不有相，即此是相。以相求相，相非真相。离相言相，非相即相。非相之相，是仍非相。非惟非相，且非非相。惟非非相，乃是真相。传示子孙，有如此相。

附录一　张金吾作品拾零

《后村先生大全集》跋

张金吾

《刘后村大全集》一百九十六卷，宋刘克庄撰。假天一阁藏影宋抄本传录。后有开庆改元《续稿》自跋。克庄有前、后、续、新四集二百卷，〇见《墓志铭》。此盖其合编之本也。案《隐居通议》曰："后村卒，其家尽荟萃其平生所著别刊少本为《大全集》。"则是书即出后村之家，宋时曾有刊板，天一阁本盖从之传录者。凡诗、文、诗话、内外制、长短句合一百九十三卷，其一百九十四卷至一百九十六则《行状》〇洪天锡撰。《墓铭》〇林希逸撰。《谥议》〇同上。各一卷也。诸家书目止有林秀发编五十卷本，此本则绝无著录者，惟《文渊阁书目》有《刘后村诗》二部，俱五十册，残阙，卷帙繁重，或即是书。卢抱经文弨先生林本《后村集》跋云："《后村集》有百九十六卷，求之数年不见。"又云："石门吕氏《后村诗钞》，亦无出此集外者。"岂其全者非独予不及见，即前辈亦未之见耶？则是书之罕觏久矣，非书城之巨观，艺林之鸿宝哉！岁在道光二年，琴川张月霄跋于爱日精庐。

【《藏园群书经眼录》卷十四】

《包氏说文解字补义》跋

张金吾

聚散无常，世守难必，盖不敢以保守勿替期之子孙百世也。何意聚之二十年，散之一日夜，云烟过眼，竟若是之速也。自来藏书家，厄于水火者有之，荡于兵戈者有之，子孙不能守，狼籍于鼠穴蠹腹者有之，从未闻有胠箧豪夺，且出自同宗子姓者。夫聚散，常也，达观者原不必以此介怀，况书目流传后世，犹予之书也。目前之在彼在此，又奚足较？惟是涣闭户读书，文章诗词有可观者，邑中推吾家为诗礼世族，涣又吾家之动循规矩者，何一旦愦愦而有此骇人听闻之举动也？岂好名之心不敌其好利之心耶？抑觊觎吾书，借端夺之，以快其心耶？将予之书数应归涣，致涣冒不韪耶？藏书尽散而书目告成，不可谓非予之厚幸也。设彼时不即编，今日之悔恨当何如耶？

【《嘉业堂丛书》本《言旧录》】

《读书敏求记》跋

张金吾

目录之名自康成始。其有序、释则《七略》、《别录》所由仿也。然目录之存于今者，自晁、陈两家外，惟《读书敏求记》略述源流，故储藏家每艳称之。然所采录者若传、注之羽翼经训，史籍之记载朝章，及有关学术政治之大者，亦仅寥寥数种。而卮言、小说、术数、方伎居其大半，下至食经、卧经、鹘谱、鸽论，以及象戏之局、少林之棍、种树之书，与夫雷神纪事之荒诞，孟姜女集之无稽，兼收博采，并登簿录。虽小道可观，恐难语乎择焉而精矣！

【《读书敏求记》附录】

附录二　张金吾生平及家族相关文献

朝议大夫张君行状

黄廷鉴

曾祖士恒。祖朝绩，监生，貤赠奉直大夫。父仁济，附贡生，诰赠朝议大夫。

君姓张氏，讳海鹏，字若云，号子瑜。系出宋魏国忠献公之后。元末自闽迁虞。明教谕逊志先生，其六世祖也。君生而颖异，读书刻意攻苦。年二十一，补博士弟子员。三踏省闱不售，遂绝意名场，笃志坟素。先是，君考讷斋公与伯兄静谷公皆好藏书，家多宋元旧刻。君治经之暇，旁通子史百家言，尝慨古今载籍，几经厄劫，历观史志所载，及藏弆家所著录，存者百无一二。方今典籍大备，不有以聚而流播之，将日久散佚。此后生读书者之责也。昔吾邑隐湖毛君，以一诸生，力刊经史诸书，广布海内，迄今几二百年，经史旧板，尚供摹印。前事可师，遂矢愿以剞劂古书为己任。乃检旧藏所有，更广购自明以来罕见之旧本，互勘去取。其中秘藏书，则倩钱唐何上舍元锡从文澜阁中写副储藏，以备汇刊。以汲古所刊经史外，惟《津逮秘书》十五集为书林巨观。汰之益之，黜伪崇真，广为二十集，名曰《学津讨原》。开雕于嘉庆壬戌之秋，于甲子冬竣工。又念六朝古籍罕存，惟《太平御览》中征引颇多，是一书传，而群书之崖略以传，允称类书之冠。旧刻讹谬，宗人观察燮藏有明人旧钞，据为主本，雠校再三，付梓未半，复从何上舍家得影宋抄本，详加覆勘，已刊者不惮刓改，中有两册为两抄本俱阙者，复属上舍泛海至宁波范氏天一阁抄补，是书始臻完善。续又于四部中，取有关经史实学名家论著而传本将绝者，梓《墨海金壶》七百余卷。又以其暇，取明人及时贤撰述，刊为袖珍小品，名《借月山房汇钞》，凡十六集，又六年而毕，流布日广，海内争睹。书林中之挟秘册怀坠简者争集，有未经四库著录者，如《两京新记》、《九国志》、《琴川志》诸书，又搜辑次第续刊。书成，将名之曰《金帚编》，惜工始而君捐馆舍矣。

居恒尝语人曰："藏书不如读书，读书不如刻书。读书只以为己，刻书可以泽人。上以寿作者之精神，下以惠后来之沾溉，视区区成就一己之学业者，其道不更广耶！"其拳拳于流传古书，至老弥笃，素志然也。

君性友爱。伯兄光基暨继嫂邵相继弃世，孤金吾年才十五。嫂氏临终，付托君经理丧事。毕，挈金吾反步道巷。旧宅相依，延师课读，视同己子。释服后，为之授室。合葬兄嫂于宝岩新阡。遗产及一切琐务，君亲自经纪之。逮金吾游庠，方以家务畀之，惟恐少负丘嫂重意。好施与，拯茕周急，宗亲姻党，赠遗无少吝。尝同孙庶常源湘、宗人观察燮、陆上舍肇坚三君，仿明高忠宪遗法，立从善局，施济四穷，月给赡养。君首捐田二十余亩，钱千缗，为之创。经理二十余年如一日。其处身也，屏绝时趋，古朴自喜，家计粗给，而自奉俭约如寒素。祭祀宾客外，不一特杀也。中岁得乡先贤顾裕愍公省身格，力行之，每夕省功过，簿记以自警。性好劳恶逸，黎明即起，漏三下不息。迨梨枣役兴，手一编，丹铅左右，恒彻晓了无倦容。延致好学知名之士，相与分校。订讹析缪，细心咨访，间有不合，龂龂辨论，必洞彻无滞而后已。平生无他嗜好，蓄古人金石书画，以供清玩。所藏敬一堂墨刻、宝砚斋印谱，远迩争购之。厌声华，务实行。杜门却扫，矻矻陈编，海内名流若孙观察星衍、洪太史亮吉，皆挐舟相访，把臂愿交。观察劳公树棠、方公体莅任，皆枉车骑过庐，君报谒外，不投一刺也。君之敦行立品，卓卓可称道者，又如此。

君精神强固，虽须发早白，年及周甲，而步履犹如少壮。偶以夏月触暑，病六日而遽不起，惜哉！

君生于乾隆二十年二月十六日，卒于嘉庆二十一年闰六月初十日，年六十有二。附监生。以州同职衔，加级，授朝议大夫阶。配屈氏，赠恭人。以仲兄棶基子锡三为后，郡庠生，前卒，娶杨氏，孙一，準，今名承露，廪贡生。同里黄廷鉴状。

季菘耘曰：照旷希踪汲古，自是足传。文亦叙次得体。

【《第六弦溪文钞》卷四】

张月霄传

黄廷鉴

月霄名金吾，字慎旃，月霄其别字也。常熟有三张，月霄系出南张，明武邑教谕懋之后也。祖仁济，父光基，皆邑诸生。月霄少孤，性颖敏，喜博览。比长，学为考据，尝从季父海鹏校刊《太平御览》诸书，钩稽审核，见者称焉。年廿二，补博士弟子员。省试一不售，即弃去。慕乡先辈汲古毛氏、述古钱氏遗风，笃志储藏，与同里陈子準揆善，咸事购访古籍，欲以撰述名当世。尝谓历朝总集自《文苑英华》而后，《文粹》、《文鉴》、《文类》，代勒鸿编，惟金源氏一朝著作自来散佚，月霄慨然引为己任，讨论史传，网罗图经、碑刻，殚十二年之精力，成《金文最》百廿卷。较梅氏《文纪》，事艰而厥功实倍。

经学莫盛于本朝，《通志堂经解》实集大成。顾宋、元来诸家经说放失尚多，月霄出其家藏秘帙，复传抄文澜阁本，凡羽翼经传者得八十余种，写定《诒经堂续经解》千四百三十六卷。自是先儒说经之书汇萃无遗矣。又念藏书考镜，赖有书目，宋之晁氏、陈氏两家，其最善也。今则历年既久，坊椠胥钞代出，鲁鱼错脱，踵谬袭讹。第按目取盈卷帙，藏犹不藏也。爰取所藏宋、元椠本暨新旧钞之为世罕见者，撰《爱日精庐藏书志》四十卷。为广其例，详载镂版时代、校藏姓氏，备录叙跋，以著一书之原委，俾览者得失了如。乃书目成而书散，说者谓干造物之忌云。

月霄不善治生，家中落，处之泰然。键户日读经疏，撰《释冕》、《释弁》两篇。近又取《李氏易解》、《汉上易传》诸书，穷日夕研究，将为穷理尽性之学，而疾不起矣。年四十三，惜哉！

月霄别著《广释名》，明小学训诂；《两汉五经博士考》，补朱氏立学一门；《释龟》，原三代卜法；《十七史引经考》及《白虎通注稿》，皆贯穿详核，非经生家言也。

拙经叟曰：月霄幼从予游，治经之暇，好观《史记》、两《汉书》。篝灯深夜，寒暑不辍。与之讲论今古，征典实，辨名物。退则抽书寻讨，质难叠生。读书间举传注旧解，或古今异读，辄取塾本作夹注，行间几满。观其嗜书好古趋向，已早殊俗学。厥后纂辑之宏，插架之富，十年中名满三吴。斯真勇于自立已。及藏书既散，萧然僻处，一编在手，而所学益蕲深邃，其气量岂出古人下哉！凡所著述，务为其所难，实能从古籍中博观约取而成。使天假之年，所造就当不止是。此非予之私言也，请以俟当世之读其书而论定者。

【《第六弦溪文钞》卷四】

张金吾小传

金吾字慎旃，别字月霄。诸生。汇收群籍，合之旧藏，得八万余卷，辟"诒经堂"、"诗史阁"、"求旧书庄"以藏之。从季父海鹏校刊群书，考据精当。尝以列朝文苑惟金源氏多散佚，搜辑十二年，乃成《金文最》百廿卷。又采宋元来经说八十余种，手定《诒经堂续经解》千四百三十六卷，以补《通志堂经解》之缺。又撰《爱日精庐藏书志》四十卷。其别著有《释冕》、《释弁》、《释龟》、《广释名》、《两汉五经博士考》、《十七史引经考》、《白虎通注》，总二百余卷，皆贯穿详核。

【《江苏府县志辑・光绪常昭合志稿・人物》】

张月霄传

李兆洛

予颇嗜异书，闻常熟张氏藏书甲吴下，而张君月霄雠校尤精，心慕之，未由通也。试介书贾代借书录本，而君慨然以来，并以所辑《经解》属为之序。序成而致之，君以为能道其意中语，复属作《汉博士考序》。自是源源借书，大抵小种将渐次及巨编，如《长编纪事本末》之类，皆许之。未几而君友陈君子準没，君致书悼惜，以为失左右手也。又未几，闻君为债家所窘，尽没其书，益怅怅。己丑春，予吊同年孙子潇之丧，乃至常熟，谓可一见君。比至，君已前一月捐馆。深相慕从，不得一执手，命也夫！

君爱书甚挚，读书甚勤，校雠纂辑甚当。既聚于所好矣，乃不能终保之，亦命也。君所藏散而予无借书处，君没而购书之路并绝矣。令子承霖以君所为诗十余篇属刻之《旧言集》，诗何足以尽君，而所辑诸巨帙，恐一时无有能流播之者，传与不传，亦俟之命矣夫！

【《养一斋文集》卷十六《旧言集诗人小传》】

张金吾小传[①]

吴　晗

张金吾字慎旃，别字月霄。光基子。诸生。汇收群籍，合之旧藏，得八万余卷，辟“诒经堂”、“诗史阁”、“求旧书庄”以藏之。从季父海鹏校刊群书，考据精当。尝以列朝文苑惟金源氏多散失，搜辑十二年，乃成《金文最》百廿卷。又采宋元来经说八十余种，手定《诒经堂续经解》一千四百三十六卷，以补《通志堂经解》之缺。又撰《爱日精庐藏书志》四十卷。其别著有《释冕》、《释弁》、《释龟》、《广释名》、《五经博士考》、《十七史引经考》、《白虎通注》，总二百余

① 此文原无标题，为本书整理者所加。

卷，皆贯穿详核。

【《江浙藏书家史略》据《常昭合志稿》卷三十二《张仁济传》附】

藏书二友记

黄廷鉴

物莫寿于金石，而三代以下，咸阳之钟，峄山之碑，熹平之石，尚皆泐灭无存，况载籍著于竹帛，蠹败尤易。自汉以迄隋唐，史志所载，艺文存者，仅百之一二。说者谓由于缮写之艰，而传本之少，理固然也。自宋代以来，雕版浸多，虽大部巨编，皆可坊市购买。朝求夕得，且摹印之易而速，其多又百倍于缮录。宜其传于今者不少。乃历元、明至今，才六百余年，而两宋剞劂，已与秦、汉之金石同珍。岂好而藏之者鲜欤！抑何传之难而散亡之易也！

国初以来，大江南北，藏书者踵起，而吾虞之钱氏、毛氏，实为称首。然皆不再传而失之。他如昆山徐氏、泰兴季氏、维扬马氏、淡生之祁、小山之赵，皆随聚随散。惟浙之四明范氏自明至今三百余年，尚世守不替。而邑中自两家后，亦寂无嗣响者，乃知不第藏之难，而守之正非易也。方今文教浸昌，海内向风，争购宋、元旧刻，及四库已佚之书，而吾邑继起者又得两人焉：一曰陈子準，一曰张月霄。二人家世儒学，旧有藏书，至两君而更扩大之。月霄之藏弆，后于陈君十年，不数载而富与之埒。储藏之名，今遂并甲于吴中。四方之名士，书林之贾客，挟秘册，访异书，望两家之门而投止者，络绎于虞山之麓、尚湖之滨。嘻！盛矣。张居西关，陈居稍南，相去不半里，皆面城临水，暇辄过从，各出所获，赏奇辨疑，有无通假，相善也。两君志趣同，而各有所主。张则钟于经籍，而兼爱宋、元人集；陈则专于史志，而旁嗜说部。其大较以网罗散佚、存亡继绝为宗旨。其于书也，张则乐于人共，有叩必应；陈则一室静研，慎于乞假。余于张为及门，陈则世讲也。故两家之书，皆得借读。余尝谓月霄，古书固不容吝，第得之太易，则人不知珍惜。昔人以鬻书与借人，并称不孝，良有以也。君宜师子準之慎，而陈君亦宜少济以君之通，乃为得之。两家所藏，不下十余万卷，去其世有传本，与秘而无关学问者，汇宋、元旧刻及新旧抄，遴其精妙，尚可得一二万卷。其中多吾邑钱、毛两家旧物，沦落他方百余年，而复归故土，其事殆非偶然。两君年方逾壮，假之以岁月，要之以不息，他年稽瑞之楼、爱日之庐，当有突过于绛云、汲古者，并以四明范氏为祝焉。余老矣，为作此记，以征其说之然否。

张茉卿曰：牛宏叙八代储书之盛衰，史氏以为五厄之说，昔人所不能道。此记备举海虞弃藏之颠末，而于国初他郡藏书兴废，亦复胪列无遗。陈、张两家，嗜古之精勤，网罗之指趣，评骘亦极允当。

【《第六弦溪文钞》卷二】

《读知不足斋赐书图》记

黄廷鉴

乌镇之有知不足斋藏书也，宸章特赐褒题。其储藏之富，甲于江浙。而尤为希世之籍，人不得见者，《图书集成》赐书在焉。是书自广内尊藏外，乾隆朝海内蒙赐者四家，而鲍氏居首。鲰生末学，愿读者每恨生不同里，望之如在天上。月霄张子，辑金源文有年，虽广搜金石之遗，旁探道释之藏，终以未读鲍氏赐书为恨。娄东张明经茉卿，余之契交，而月霄之师也，客授湖州郡署，与渌饮先生之令嗣志祖君善。为之介绍，许假馆乌镇，次第借读。月霄欣然，遂于己卯闰月，买舟招余同往，值主人有事吴门未归，属小阮听香秀才为之主。居停于镇之南宫道院。日自斋中载五六百册，分编披读。时当初暑，挥汗如雨，日暮蚊虻四集，烧烛继晷，目为之昏，不恤也。凡六日而毕。其斋去镇四五里，于将行之日造焉。村落几家，渌水环门，青山入牖，桑麻竹树，弥望一色，真读书耕隐之所也。慨渌饮既亡，询及秘抄异录，已多散失。而赐书岿存，为海内书城巨观。故今数藏书家者，终推知不足斋为第一。是役也，月霄得金文廿篇。复自湖至杭，泛西湖，拜岳墓，历净慈、昭庆而归。计往返未二十日。读秘府之书，览武林之胜，可谓极生平之壮观矣。

今夏四月，金文百卷写竣，行付剞劂，月霄缅想胜游，乞同里芑香胡君绘《读知不足斋赐书图》，以志不忘。以余为偕读之人，乞记其颠末。余念昔吾乡冯己苍昆仲，闻寒山赵氏藏有宋椠本《玉台新咏》，未肯假人。尝于冬月挈其友舣舟支硎山下，于朔风飞雪中，挟纸笔，袖炊饼数枚，入山径造其庐。乃许出书传录。堕指呵冻，穷四昼夕之力，抄副本以归。旁人笑为痴绝，不顾也。时传为佳话。今月霄嗜书之癖，不亚二冯君，而听香之贤，又过于赵氏，谁谓古今人不相及哉！

月霄青年嗜学，其志行直欲力追古人，奚藉斯图以传！而余则窃以挂名图中为幸，故不辞而为之记。道光乙酉端午前三日。

【《第六弦溪文钞》卷二】

答张月霄论作古文书

黄廷鉴

承示近著，循览数四。其中《释礼》诸篇最上，卓卓可传。《诗说》诸篇次之，皆能别具诠解，不袭陈说。惟文体间伤支蔓。《序记》亦明畅，至《家传》诸篇，体格益上，笔亦峻洁可喜。知近日刻意著述，蕲近于古。持之不懈，宁患不自成家？古人处困而亨者，今于足下见之，可敬可羡。如仆自幼失学，长谋糊口，读书既无根柢，虽尝学为诗文，粗事考据，总不外剽窃之学，贻讥识者。年来志虑益衰，死丧叠遘，残喘余生，尚复何心学问！足下误以为识途老马，谆谆下询，何能以门外之人，为入室之言乎？聊以向之蓄中而未发者，为足下陈之。

溯今以古文名家者，明则有震川，本朝则有钝翁、望溪，皆为一代正宗。第此三家之文，皆谨守绳尺，其才力不无少逊古人。无论韩之排奡、柳之廉悍，固有未逮，即三苏之驰骤，亦不多见。差近者惟六一之纡折、半山之峻峭而已。故世遂有谓八家不可学，而学步于六朝之书启、仿摹于汉魏之碑铭以为古者，而文体入于诡怪而益坏。又今之言八家者，必曰别有其法，愚亦以为不尽然。夫古人之文，即古人之法也。文成则法立，是法生于文，不必文生于法也。《论语》云："词达而已。"昌黎云："文无难易，惟其是。"果理衷于是，而词得其达，则不言法而法在其中矣。至于表、笺、书、启之体，碑、铭、诔、赞之式，学者可一览而得之。又作古文与作时文异，古人之文，皆先有一种意议在胸，题从文生，故所作皆可传可诵。苟命题而始作，上之科场应制，下之亲友丐求，其文虽工，断无杰构。如所著《诗说》诸篇，尚不免此病。盖先有题而作文，则敷衍。既无意义，必将刻意求深，或旁生枝节，纵波澜层叠，而初非正旨。缘作文之先，本无心得也。

要之当今而言，古文舍八家别无入门之径。而八家尤以韩、柳为宗，犹言诗之必宗李、杜也。韩之与李翊、刘正夫书，柳之《答韦中立书》，此真作文之准的，不传之密钥也。合之足下养气励志之说，殚精求之，有余师矣。略陈所见，以塞厚意。惟冀足下更有以起予焉。

邵环林曰："后段论作古文与时文异数行，说尽当世作者弊病，真可包扫一切。"

【《第六弦溪文钞》卷二】

诒经堂记

孙原湘

"六经"之道同归，而汉儒说经谓之家法。所谓家法者，非必父子相传一门之业也。顾如梁邱氏之于《易》，欧阳氏之于《书》，贾氏之于《左氏春秋》，父子继业，或至累数世。则学者传之以为盛事，要亦不数数然矣。吾邑张子月霄，博学嗜古，积书至数万卷。病钱遵王《敏求记》多小说家言，而诂经之书多所未备，尝编次所藏书籍，于宋、元诸儒经解，储蓄尤富，择其中世鲜传本者一百余种，庋诸所居“诒经堂”，而属予为记。

“诒经堂”者，尊甫心萱翁所命名，取《汉书》“遗子黄金满籯，不如一经”也。翁于经学甚邃，尝采辑《礼记集注》教授子弟，见有古书插架未备者，必手自抄录，至老不辍。月霄盖根柢于家学者深矣。夫自科举之学盛，而“六经”之书名存而实亡。方汉武之初，置博士弟子，射策决科，经学于是始盛，而班孟坚以为禄利之路，则两汉之传经已难言矣。今月霄年未四十，即厌弃举业，博极群书，所著《白虎通注》、《广释名》，证引该洽，裒然成帙。由此而益务潜心经术，以发明先圣之道，虽从容蕲至于古作者无难。岂特如毛氏、钱氏，沾沾夸储蓄之富而已！

尝考元、明之际，吾邑之列儒籍者仅三姓，曰言氏、张氏、林氏。言氏为先贤之裔，于今世有官禄，而林氏无闻焉。月霄之先自前明正统中始登科目，而有司表之曰“儒英”，故至今为儒英张氏。月霄诚能念其先，服其教，日涵濡讽咏于兹堂之中，俾子若孙，世世勿辍焉，所为张氏家法在是矣，而又何求焉。

【《天真阁集》卷四七】

张氏闻涛轩记

孙原湘

“闻涛轩”者，前明建宁守张公所居。张氏甲第绵亘城东北，厅事曰“诗礼堂”，堂之西北为轩，枕川而屋焉。川以北，咸其别馆，世所传东涧老人“半野堂”，其先实张氏业也。沧桑以后，尽属之他姓。至七世孙东岩赠公，仅数椽矣。公立志恢复，既重建“诗礼堂”已，又得“闻涛”故址而鼎新之。落成之日，陈司业祖范为之记。黄□□之隽、王佥宪材任暨一时名宿咸著歌咏。轩额即司业书也。余妻席为赠公外曾孙，妻父常依外家以居。轩之南为“一本楼”，余妻生于是。余既婿席氏，时时得游“闻涛”。予妻外大父巽团翁娶于陈，为司业之孙，与予母为姑侄行。每岁木樨时觞予轩中。余妻为陈孺人所钟爱，至今犹时梦见“一本楼”也。轩之东为“传望楼”，道光辛巳，不戒于火。时赠公之曾元吟樵煦庵谋欲别居，会鹿樵观察以母夫人春秋高，从河东乞养回籍。观察于赠公为本生曾祖，以重建“传望楼”自任。于是鸠工庀材，五阅月而楼成，东名曰“恩赉”，其他亭馆斋阁悉新而名之，“一本楼”今为“万卷楼”矣，独“闻涛”旧额如故，著先德也。

吾邑前朝以第宅夸耀者，钱侍御岱、萧兵备应宫。今钱氏仅存“达顺堂”，所谓“小辋川”者大半鞠为茂草。萧氏自“迎春门”至“方塔”犹称萧家，廊下屋则屡易主矣。而张氏自建宁至观察十世，独世世居之，倾则植之，毁则新之，抑何代有其人也！余家旧居学宫之左，自余始迁步道巷，与张氏隔一垣。郁攸之夕，栗栗有池鱼之惧。方慨息以为数不可强，乃不数载而跂如翚如，视前且益壮丽，未尝不叹观察之克继前烈，而张氏之世德未有艾也。独余不能无感于“闻涛”者，昔吟樵之祖若父觞余于是，吟樵觞余于是，今观察又觞余于是。昌黎所谓“久不死而观居此世者”，俛俯今昔，其能无慨也！

【《天真阁集》卷四七】

张月霄妻季孺人传

孙原湘

张月霄明经金吾丧其耦，悲之甚。谒予言曰：“余妻不逮事舅姑，不敢言孝；有子未成立，不敢言慈。惟是结缡二十年，黾勉听从，无有违失。予好施，助予施；予好书，助予购书。坐是家日困，书亦旋化为烟云。予妻强慰藉而心实殷忧，亦抑郁致疾死，是可哀已。愿得吾子之文，俾先零之质不遽泯没焉。”辞不获已，乃诠次其语为之传曰：

孺人姓季氏，名景和，字静芬，为邑望族。生而令淑明慧，既嫔月霄，琴鸣瑟应，雍雍如也。月霄连试不得志，自奋于古，慨然思为杜、郑、马、王之学，日购奇书读之，遇宋刊、元椠，不惜多方罗致，积书至八万卷。孺人濡染既深，遂能别识。月霄撰《爱日精庐藏书志》，其中去取，颇资商榷焉。月霄郭氏姊，寡而贫，殁后丧葬取诸月霄，孺人力赞成之。月霄有从妹少孤，孺人抚育，赍嫁奁具，皆手自办集。其敦本慕义，固由善承夫志，亦所性然也。居恒俭约，残丝剩缕，必储以适用。遇媪婢慰姁，未尝加以色。

初，月霄每重价购得秘籍，必相对鉴赏。孺人知其难为继也，从容进曰："蓄之富何如读之熟也。"其明识婉顺如此。卒年四十。赞曰：

世所称贤妇者，类能佐其夫以吝啬起家，苟有所嗜好，或任挥霍，必钳制之。业隆隆，起宗族，戚党翕然誉其能。此亦恒情乎哉！然予观郑衮妻曹氏，衮为司空，所获禄秩，曹氏悉班散姻亲，家无余赀。李衡妻，衡欲治生产，妻辄不听，曰：人患无德义，不患不富。史皆以为贤。乌乎！由今人观之，其果贤也与？

【《天真阁集》卷五〇】

虞山张氏诒经堂记

阮　元

唐人云，前不见古人，后不见来者，然则人生所见，数十年耳。欲将使后人见今，如今人见古，传圣贤之事，记文史之详，殆非书不可。

虞山张氏金吾，世传家学，代有藏书，不但多藏书至八万余卷，而撰书至二百余卷。不但多撰书，抑且多刻书至千数百卷。其所纂箸校刻者，古人实赖此与后人接见也，后人亦赖此及见古人也。是"诒经堂"、"诗史阁"、"求旧书庄"诸地，皆罗列古今人使后人共见之地也。此于古今人谓之有功，于己谓之有福。夫遗金不如诒经，犹徒为一家读书计耳，曷若以书公之天下后世乎！世之有金者无所不为，独不肯用之于书，若是者谓之无福。若在己无学术焉，则虽有之、肯之，亦无能用之，若是者亦谓之无福。虽然，福不可擅也，福虽不可擅，而有功以补之，则其得此福而居之也，岂不易哉！因“诒经堂”主人求记而论之如此。

【《揅经室续三集》卷三】

《诒经堂图》书后

翁同龢

图为张月霄本其尊人以护先生遗书而作，题者甚多。

吾邑自前明来藏书家夥矣，惟张氏一门群从累数世而不绝。乾嘉时，海鹏张氏集书最多，所谓“照旷阁”者也。“照旷”毁于火而月霄先生继之。月霄从子曰承焕，贫而聚书；其别系曰蓉镜，尤贫尤好书，隐然绛云、述古之风焉。月霄先生，吾丈人行也，所居曰“诒经堂”，亦曰“爱日精庐”。厥后移居板桥，板桥之宅再易主归于吾，庳陋矣。而有楼屋，屈曲如连环，或曰此先生庋书之所也。先生著述繁富，又尝辑宋元以来说经书千二百余卷为《诒经堂续经解》，然未及刊，刊者《藏书志》四十卷而已。

昔我先公为秀才时，食贫，读书于陈子准丈家。陈与张相埒也，皆不吝善价购书，书贾来则出入两家，挟以为轻重。而月霄仿毛氏之例，求工书者精钞之，先公亦尝与其事。先公赴京师，先母每夜篝灯影写至漏尽目眵乃止，所钞者皆张氏书也。月霄既不遂《续经解》之刻，而爱日书目海内珍重，陈氏“稽瑞楼”之书则散佚略尽，并其目亦罕传矣。数十年来人事迭更，后生每复校雠簿录之学，展此图不胜感喟。杂书旧事以应子戴孝廉之属。孝廉宗姓，金陵籍，寓吾邑，承家学，好古博览，其足继吾乡先生而起者哉！

赵惠甫跋、书贾杨言楼所刊《金文最》一百二十卷或是月霄之旧。

○金门曰，书局已刊。费屺怀跋月霄所著《十七史引经录》在杭州人家，伊钞得欲刻之，曾在京师闻是书。郭频迦跋谓月霄所著《白虎通论注》、《广释名》、《两汉五经博士考》○刊。《丛[丝]缀积闻》、《释龟》等书，皆未刊。

【《翁同龢集》】

附录三　张金吾编纂作品序跋及著录

《丝缀积闻》不分卷

王欣夫

清昭文张金吾撰。王氏学礼斋钞稿本。

首有言朝楫、张铎二序。不分卷，中有附签，光字、基字皆阙笔，避家讳也。案《爱日精庐文稿》，有月霄自序，云厘为四卷，此失载。知犹为未定手稿。书称《丝缀积闻》者，取《西京杂记》“五丝为缀，倍缀为升，倍升为绒，倍绒为纪，倍纪为缨，倍缨为襚”之义。盖为札记读书考据所得，言自少至多，自微至著，以蛾子时术自勉也。月霄之言曰：“读书有不得其说者，不敢以轻心掉之，不敢以臆见断之，不敢以附会无稽之说杂之。运之以精思，佐之以载籍，反复推究，实事求是，要归于至当而止。”又曰：“学问无穷，而人之心思亦无穷。今日见为是者，安知异日不更见为非耶？今日惊为创获者，安知异日不又惊为陈言耶？录而存之，以俟日后之论定，且以验学问之日进否也。”卷中每言闻之师曰云云，不事掠美。又以名题“金吾”，征之古，得四说。庐标“爱日”，考之书，得三解。亦见赅博。宜其师张铎谓十问不能一答，十疑不能一决。而其外舅言朝楫乃勉以制科之学，犹牵于世俗之见。月霄藏书满家，著述等身，较之掇巍科登玉堂者，其得失何如哉？三十年前与瞿君凤起订倦圃流通之约，余既借与《爱日精庐文稿》，君亦报余此书及《释龟》二种，月霄遗书，世间又获多存一本矣。

【《蛾术轩箧存善本书录·癸卯稿》卷三】

《切韵指掌图》跋

张海鹏

右温公《指掌图》二卷，即王氏所称以三十六字母总三百八十四声者也，后附邵氏《检例》一卷。图凡二十。其中不甚习见之字，附以音释。舛误殊多，或不辨正音而漫为反切，或一字数见而执一例余。恐失典午之真传，并非博平之旧本矣。犹子金吾为余反覆校勘，并与其师黄君琴六、宗长茱卿一一商榷。谓等韵书，此为最古，又与《集韵》相表里也。爰为付梓，以广其传。张海鹏记。

【《墨海金壶》本《切韵指掌图》卷末】

《广释名》序

吴慈鹤

训诂之学尚矣，《尔雅》为小学之祖，《说文》乃六书之宗。后世通儒精其学者因而推阐之。于《雅》则有《广雅》、《埤雅》、《尔雅翼》、《骈雅》，《说文》则有《解字系传》、《玉篇》、《汗简》、《佩觿》诸书。虽醇驳互见，然其训古有获，搜网繁荟，厥功皆伟。汉刘成国撰《释名》二十七篇，其因字释义，宗《尔雅》；而因音求义，又似《说文》。于古制古音，多所稽镜，洵小学不可无之书，而为之羽翼订证者盖寡。

昭文张子月霄，淹通六籍，于治经之暇，醰研小学。病兹书之犹多舛讹漏略也，爰上采经传，旁搜谶纬，下迄两汉诸儒之说，繁征博引，条贯兼综，以成书曰《广释名》。盖前此所未有也。夫训诂之学，固将用以穷经，而古之能文章家亦未有不精于此者。汉司马相如作《凡将》，杨子云著《方言》，班孟坚有《白虎通》。故其所为辞赋，典博宏赡，冠绝千古。唐之杜子美、韩昌黎，于诗于文章，亦皆百代之宗，而其无一字无来历，则训诂之学茂也。张子能治训诂以穷经，必且能文章矣。因来问序，亟劝之授梓，以为小学家之助。嘉庆丙子六月翰林院编修吴县吴慈鹤序。

【清嘉庆爱日精庐刻本《广释名》卷首】

《广释名》序

赵怀玉

镇洋毕湘蘅尚书与江处士叔沄，取刘氏《释名》，参校异同，是正谬误，有《释名疏证》之刻，于原书义例，埤附犹未尽善也。每怪范《史》无刘熙名，唯《刘珍传》云："珍纂《释名》三十篇，辨万物之称号。"今《释名》仅二十七篇，而有亡篇。若并之，宜合三十篇之数，珍与熙岂即一人欤？又《吴志·韦昭传》，昭所上辞言见刘熙所作《释名》，信多佳者。然物类众多，难得详究，故时有得失，因作《辨释名》一卷。薛综、程秉等传，或从熙学，或与熙考论大义，见诸载籍，彰彰如是。宁得以范《史》无传而疑之耶！故陈振孙《书录解题》、马端临《文献通考》皆云"汉征士北海刘熙字成国"。成国是书，实与许叔重《说文解字》并为汉人小学之祖。顾为《说文》之学代不乏人，而羽翼《释名》者颇鲜。此昭文张子月霄所以有《广释名》之作也。

张子家庭擩染，学有本原。少小治经，即以训诂为重。于《释名》用力尤勤。六书并列，独主谐声，得制字之义也。采书以汉为限，疆界之严也。依类推之，增所未载，补原书之罣漏也。引逸书至百二十种，既征援据之博，且有功于亡佚也。非好学深思，心知其意，又能实事求是，何以臻此哉！不宁唯是，张子治经之外，兼擅艺文，于历代作者靡不搜讨。方有《金文最》之辑，盖本《公羊传》"会，犹最"之意，言其荟萃之富也。昔姚氏铉有《唐文粹》，吕氏祖谦有《宋文鉴》，苏氏天爵有《元文类》，程氏敏政有《明文衡》，皆采入《四库》。独金源之文阙如，每以为憾。今张子成之，行当上邀乙览，下惠艺林，为姚、吕诸家嗣音，而与元裕之《中州集》共垂不朽矣。

张子年方壮，他日见闻弥扩，著录递增，则《广释名》一书，其即为群书之嚆矢乎！嘉庆戊寅武进赵怀玉序。

【《知不足斋丛书》本《广释名》卷首】

《广释名》序

张大镛

嘉庆丁丑之二月，予在京师，叨陪铉佐。从弟月霄函其撰集《广释名》二卷，寓书属序。予既喜月霄嗜古穷经，专攻小学，或惧儒生偏长为颣。及读黄君琴六之序，称其比类相从，杂而不越。信斯言也，固无赖乎吾序张之而后传也。虽然，予独异月霄盛年醇质，无人事于外，宜发挥为应举文字，简练揣摩，合有司之尺度。乃韬伏家衖，寝葄乎汉氏群儒训故，退勇守一，穷年矻矻，若将终身焉者。自非实有所得于中，其乌能浸淫勤笃而不以为病邪！昔柳宗直编《西汉文类》，其从兄子厚为序，称道甚美。以予学殖荒落，何敢窃比子厚。顾寻念《西汉文类》，秘殊鸿宝，册类兔园，要是杜元凯善文之末尔。若月霄，杷搜蠹简，剔抉枯竹，萃逸典于儒墨，采异义于经谶，补苴罅漏，不遗余力，云足为成国功臣，斯其过宗直所为远矣。

抑予闻之，训诂者，著述之根柢也。小学者，六艺之津逮也。勖旃月霄，尚其迈征益弗懈，勉卒懋修，克臻通经致用，以发名成业，是又予之所厚望焉。兄大镛鹿樵甫序。

【《知不足斋丛书》本《广释名》卷首】

《广释名》序

黄廷鉴

古小学之书，《说文》、《尔雅》、《方言》外，惟刘氏《释名》仅存。其书雅俗兼通，义数并举，与《尔雅》、《方言》最相似。顾《尔雅》义主释经，《方言》旨在通俗，《释名》义例，盖在二者之间。其所详略，自叙所称。论叙指归，义自有在。非有阙漏也。

及门张子月霄，嗜学好古，于小学中尤善《释名》。谓古人制字，象形指事外，谐声为多，故字从声肇，义以声生。凡字体不根于声者，伪体也；字义不本于声者，假义也。汉人具有师传，故毛、郑诸儒训诂，多主谐声。读《释名》一书，斯义尤著。因于治经之暇，博览群籍，自诸经传注，及诸子纬候，一句一义，有与《释名》相类者，仿其例广之，得书二卷。问序于余。观其书比类相从，杂而不越，又采辑断自汉代，体例亦极谨严，殆有合于刘氏所云凡有未备者，智者以类求之之意。俾古音古义之难通者，或悉有所考焉。其出于世之饾饤剽拾之学远矣。是为序。嘉庆癸酉十月朔，友生黄廷鉴书。

【《知不足斋丛书》本《广释名》卷首】

《广释名》跋

伍崇曜

右《广释名》二卷，国朝张金吾撰。按金吾字慎旃，别字月霄，昭文人。其师黄琴六撰《传》称，月霄性颖敏，喜博览。幼从其季父海鹏字若云者，校刻《太平御览》、《墨海金壶》等书，钩稽审核。年二十二，补博士弟子员。省试一不售，即弃去。慕乡先辈汲古毛氏、述古钱氏遗风，笃志储藏，购访古籍，欲以著述名当世。论撰等身，有《诒经堂续经解》一千六百卷、《通志堂经解补阙》、《辑尚书义粹》、《十七史经说》、《两汉五经博士考》、《白虎通注》、《金文最》一百二十卷、《两京新记补遗》、《邺中记补遗》、《切韵指掌图音释》、《双声表》、《辑风俗通姓氏篇》、《丝缀积闻》、《释龟》等，及是书。余仅购得《金文最》写本及是书刊本。《金文最》拟即付剞劂，是书则据月霄所撰《言旧录》称刊行三载，鲍志祖士恭见之，许梓入《知不足斋丛书》，备汉学之一种，乃覆加勘定，补所未备，梓入第三十集。兹亦梓入《粤雅堂丛书》三编，以冀广为流布焉。

夫训诂原于声音，自《易》、《论语》、《礼记》，已有其例。如“乾，健也”，“坤，顺也”，“政者，正也”，“刑者，侀也”之类。至刘熙《释名》，大畅厥旨，乃古书简贵，援据未详。近贤于《说文》《广雅》两书，论撰笺注颇多，而《释名》则疏证者仅见江氏艮庭一书。实共嫌其寡约，似未完之帙。月霄独撰是书，博引繁征，详审精核，洵训诂之津梁，而小学之渊薮也。不朽盛业，可例其余。又《言旧录》称有赵味辛怀玉序，而是书未见，其偶佚之欤？

月霄藏书最多。尝取所蓄宋元椠本及新旧钞存世所罕觏者，撰《爱日精庐藏书志》四十卷。乃甫辍笔，而所撰与储藏俱为族子攘去。黄琴六撰《传》，谓为造物所忌，岂其然乎？月霄季父若云，储藏亦富，业早散失。乃尝校《太平御览》，暨所缉《墨海金壶》，夙推艺林巨观者，亦同付绛云一炬。而月霄复遭此厄，岂造物真有不可知者耶？月霄尝跋包氏《说文补义》云：“聚散无常，世守难必。盖不敢以世守勿替期之子孙百世也。何意聚之二十年，散之一日夜，烟云过眼，何若是之亟亟也。自来藏书家厄于水火者有之，荡于兵戈者有之，子孙不能守而狼籍于鼠穴蠹腹者有之，从未有胠箧豪夺，且出于同宗子侄者。今也藏书尽散而书目告成，不可谓非予之幸也。”读之良用怃然。

月霄所撰，以《诒经堂续经解》尤为学者山渊，佚之良可痛惜。今者吴门迭遭兵燹，恐储藏与纂撰易主者均荡然无存。余近刻《丛书》三编，亦间觅得爱日精庐藏本，俟绥定日，当购求审定，与《墨海金壶》内校勘最精之本次第刊焉。嗟嗟！得丧盛衰，转毂靡定，沧桑小阅，结习未忘。百感中来，掩卷太息，余书果足以千古？漏尽灯暗，虫声如雨。咸丰庚申秋中元夜南海伍崇曜跋。

【《粤雅堂丛书三编》本《广释名》卷末】

《广释名》

李慈铭

清张金吾撰。

阅《广释名》，凡二卷，嘉庆间昭文张金吾月霄所撰。补刘成国之遗，专采刘氏以前暨同时诸儒著述，义例谨严，援据精核，卓然汉学也。赵氏怀玉序称其引逸书至百二十种，有功亡佚，诚为知言。鲍氏《知不足斋丛书》中所刻近代著作，若此书者，指不多屈。

同治甲子(一八六四)二月初四日。

【《越缦堂读书记·经部·小学类》】

校刻《吴郡志》跋

黄廷鉴

范文穆公继《图经续记》作《吴郡志》，繁简得中。嗣后公武、文恪续有撰著，皆祖此本。然是书毛氏重雕后，板经久毁，迄今毛刻且罕觏，无论宋椠。若云张君既刊《图经续记》，欲并刊此书，以成合璧。爰即毛本缮梓，第汲古当日从残宋本开雕，如《牧守题名》卷尾脱一二叶，又书中空文未刊，自一二字至十余字者，展卷有之。校刊既竣，君犹以未见宋椠，庋置以俟。逮君谢世，尚未摹印。昨秋君从子金吾购得郡城士礼居校宋本，又续得残宋本数册，重加校勘，讹者正之，阙者补之，并命君孙準据以补刊。惟书中所引，如北海《斗鸦赋》、天随《采药赋》、钱俨《观音禅院碑铭》诸篇，昔据《松陵集》《文苑英华》诸家文集是正者，读宋椠脱误亦同。盖此书刊于文穆卒后四十年，当时校官又续有增修，非尽公之初本。迨汲古重刊，更多残阙。今距汲古又百七十余年，一旦复见绍定完帙，俾吾吴文献不至久而无征。君之嘉惠桑梓，功固不朽。而金吾与準之善成先志，亦有足多者已。某昔与校雠，为识其颠末如此。

【《第六弦溪文钞》卷三】

《续资治通鉴长编》跋

黄廷鉴

李文简公《续通鉴长编》一书，今世所传，仅存建隆至治平一百七十五卷，盖即乾道所进之本也。其淳熙元年续进神、哲以下四朝之书，自元明以来久佚。今七阁所储《永乐大典》本，虽缺徽、钦二纪，而熙宁讫元符两朝三十余年事迹，犁然具在，洵为北宋纪载之渊薮矣。其中分注考异，详引他书，而于神、哲之代尤多，如《国朝会要》、《政要》、历朝《实录》、《时政记》、王禹偁《建隆遗事》、王拱辰《别录》、司马温公《日记》、王荆公《日记》①、刘挚《日记》、吕大防《政目》、吕公著《掌记》、曾布《日录》、林希《野史》、王岩叟《朝论》、欧阳靖《圣宋掇遗》、邵氏《辨诬》诸书，及诸家传志碑铭，皆无一存者，即幸有传书，如《东斋纪事》、《涑水纪闻》、《东轩笔录》、《湘山野录》、《玉壶清话》、《邵氏闻见录》、《笔谈》、《挥麈录》之类，往往传写讹脱，亦足据以是正。则此编非特足以考订宋、辽二史之阙讹，而有宋一代杂史、小说家不存之书，亦可赖以传其十二。诚温公《通鉴》之后不可不读之书也。第《考异》中，载有《宋史全文》、《十朝纲要》诸条，其书皆出于《长编》之后，而《十朝纲要》即文简之子李埴所撰。尤不应引入此，或后人有所附益，未可知也。幸逢右文之代，此书残阙复完，惟是天府储藏，佔毕之士得见者鲜，兼卷帙繁重，即缮抄亦自不易。

及门张子月霄，购得阁中传抄本，不敢自秘，愿以公之世，爰以活字版排印全书，亦艺林一快事也。以余稍涉猎史事，畀以校雠之役，自己卯夏迄庚辰秋，凡十有五月而毕。所惜印本易尽，后难为继，倘世有好古之君子，寿之梨枣流传，俾益广远，厥功更倍。愿以是举为嚆矢云尔。

【《第六弦溪文钞》卷三】

---

① 按王安石所著为《日录》。此处当为黄氏误记。

《释龟》二卷

王欣夫

清昭文张金吾撰。王氏学礼斋钞稿本。

龟为四灵之一，古者天子有宝龟，诸侯有守龟，以国宝视之。而《周礼·太卜》以邦事作龟之八命，凡国之大事，莫不卜以决吉凶。盖龟之为重若是。然岁月悠远，其制莫详。月霄于治经之暇，博采书传，缀辑旧闻，成《释龟》二卷，分目十二，各冠以序。曰《释名》，曰《释体附色》，曰《释登附攻》，曰《释藏》，曰《释衅附祓》，曰《释命》，曰《释作附钻》，曰《释卜》，曰《释兆》，曰《释繇》，曰《释占》，曰《释易》。然后三代卜法之遗，得以复存。其书成于嘉庆庚辰，吴江郭麐序之。至光绪以后，殷墟藏龟大出，数千年后得睹遗物。于贞卜之法，据实而详言之，有王国维、罗振玉诸家书，自非月霄所及。然月霄于举世不为之时，独勤勤于此，凡古书之有涉于龟者，罗举无遗，不啻为王、罗二氏驱夫先路，为考据家所不废。惜其未付剞劂氏，世人莫得而见也。稿藏瞿氏铁琴铜剑楼，此本从之传钞者。

【《蛾术轩箧存善本书录·癸卯稿》卷三】

《北山小集》跋

黄丕烈

《北山小集》为宋人集中罕有之本，且其中多与吾郡典实有涉，故钱潜研老人取其集中文字，入《养新录》中，谓他日修志可资考证。噫！潜研往矣，而是集余不能守，早归艺芸书舍，当日家藏时，无暇传录副本，此又余生平缺憾事也。岁辛巳，郡中有修志之举，始忆及此，遂向主人借归，分手传录，录毕细校，即以原本归赵。而余亦作一小跋，记其原委，是又为此书添一公案矣。

海虞月霄张君爱素好古，收弆秘册甚多，著有《爱日精庐读书志》，于一书之源流，纤悉毕具，余所归之书，亦得附名简末，此真读书者之藏书也。闻余有此，欲传其副，遂复从余分写本，仍分写予之，并雠校之。古云："书经三写，鱼鲁亥豕。"自谓此写本出余士礼居，虽未经老人过眼，然儿孙辈颇习闻校书绪论，一一手校，当不致为钞者所误。回忆初得时及复写此，已历三朝，世有三本，可为此书幸，即可为余补过幸。安得世有好事者，尽如月霄其人？悉举世间未见之书，传录其副，是真大乐事，想艺芸当亦不吝余之屡假也。书此以俟月霄问之，不识以余言为何如。道光二年岁在壬午秋七月，荛夫识。

【《四部丛刊续编》本《北山小集》卷末】

《金文最》序

阮　元

文以气骨为主，骨之坚，由于心有所得而能卓然自立，故坚凝有不可撼之概。气之充，由于蓄之既久而触物而动，故沛然有不可遏之势。汉唐之文，骨与气相辅而行者也。至北宋苏氏父子出而气益盛，汤汤浩浩，如江河之行于地中而莫止矣。未几而转为南宋，其气遽沮，说者谓风教使然，其亦学者之失也。金之奄有中原，条教诏令，肃然丕振。故当大定以后，其文章雄健，直继北宋诸贤。若滏水、滹南，其尤著者也。操觚之士，思欲采其菁华，汇为一编，以与《文粹》、《文鉴》诸书并垂于世，则又虑检寻不易。盖专集之存者，仅《拙轩》等集五家而已。

虞山张君金吾竭意搜访，凡簿录杂说，以及金石碑刻，一一甄录，别其体为四十有二，为卷百二十。于是金源之文，巨细咸备，典章规画，亦了然可考。书之大体，本《文粹》、《文鉴》而不别为去取者，其慎也。世之读是书者，叹其学之博，而掇其文章之盛，以研究于气骨之间而浑化之。则是编之作，固唐宋之后劲，学者之矩矱。陈言曼词又乌能汩其性灵也乎！道光二年岁次壬午夏六月六日，仪征阮元序于秣陵舟次。

【《续修四库全书》景印光绪江苏书局重刊本《金文最》卷首】

《金文最》序

英　和

虞山张生，裒集有金一代之文为一百二十卷。名之曰“最”者，取《公羊》“会，最”之义也。始于收国，终于伪齐。上而诏令教令之文，下而金石碑版之作，以及诗评、酒檄之琐言，靡不兼采。予尝评金季能文之士，何止数十百家，其诗仅赖《中州集》以传，而文章则未有为之裒集者。其有专集如滹南、滏水者，不过数人。王寂为大定、明昌文苑之冠，而《拙轩集》原本久佚，至我朝乾隆间始从《永乐大典》中录出。史称郑子聃有能赋声，海陵尝问作赋何如，对曰甚易，且谓他人莫已若也。海陵乃使子聃与翰林修撰等同进士杂试，子聃果第一。是子聃之赋必盛称于当时。而及今已不得见其一篇，则其余湮没不传者，何可胜道！而有赖于搜缉者，其功岂浅鲜欤！抑考之，黄应期、王圭合撰《皇弟都统经略郎君行记》，所谓皇弟者，即世祖养子萨甲午也。而《金史》本传不载除都统经略事。崔禧奉敕撰李缤碑，所纪乃贞祐二年元兵围济州事，而《金史·宣宗纪》但云元兵徇彰德府、益都府、怀州，而不及济州。又《金史》列传凡封爵皆不书，而完颜合达之封金源郡公，仅见于刘渭所撰之《京兆府教养碑》。若斯之流，难可悉数。则是书非惟极文章之巨观，抑亦备完颜之掌故已。予深嘉张生之勤学，而复幸王庭筠、党怀英诸人之著述不尽无征焉。爰略书所见于卷首。长白英和序。

【《续修四库全书》景印光绪江苏书局重刊本《金文最》卷首】

《金文最》序

陈 揆

金人著述，自元之中叶流传已鲜。苏伯修《三史质疑》所称金儒士蔡珪、郑子聃、翟永固、赵可、王庭筠、赵沨皆有文集行世，兵后往往不存。因欲就京畿诸大族坟墓摹碑文，以备采择。则当时之文所存可知矣。当元遗山编《中州》诗，同时有冯清甫者，尝搜缉金代文章，积若干百卷，见于姚牧庵所为墓碑中。清甫与元遗山、李栾城辈相习，伯修所称诸家文字疑其犹可考。然冯氏之书元代既已无闻，故伯修与修史诸公俱未之及也。今去之数百年，金人著述稀若晨星，亦其势然矣。月霄此编，搜罗甚广，以数百年散佚之余，而缀辑如此，世之君子论次历代文章，其必于是焉取之矣。其间典章经制、阀阅勋绩，及夫年月官位之详，皆足以补史籍之遗，证其异同。又不当仅以文字论也。道光壬午三月，陈揆书。

【《续修四库全书》景印光绪江苏书局重刊本《金文最》卷首】

题张氏新编金文

陈 揆

月霄年甫冠，即留意金代之文，历览奇书，探讨靡倦。闻吴兴旧家有未见图籍，欣然往观。盛暑之月，挈友至金陵，僦居老氏宫，翻阅经藏，录金文数十篇而归。其精勤如是。予观元世修《金史》，苏伯修著《三史质疑》，称金之儒士蔡珪、郑子聃、翟永固、赵可、王庭筠、赵沨皆有文集行世。而是时俱不复存。因欲访京畿诸大姓坟墓碑文以供采择，则知金人之文散佚久矣。又观姚牧庵集，当元遗山编《中州》诗，同时有冯渭清甫者，尝搜辑金代遗文，积若千百卷。清甫生于金末，与遗山、李栾城辈往来，当时诸儒之文疑其犹可考。而是书元代即已无闻，故伯修与修史诸公亦未之见也。

月霄此编，搜罗广矣。以数百年散佚之余而缀缉如此，世之君子论次历代文章，其必于是焉取之矣。月霄好学，多藏书，余尝得其书目，时时从之借阅。因复见此编，而乐为一言。

【《稽瑞楼文草》】

《金文最》序

黄廷鉴

物必有萃聚而后可久。莫为之后，虽盛不传也。汉魏以来，诸家别集既亡，惟诏令奏议，略见于史传。其余文词，类多湮灭。赖有《文选》一书，为之会萃，而秦汉以至萧梁之代，文人学士鸿篇伟制，犹得传其一二。此萧氏之始功为甚巨也。嗣后《英华》、《文粹》、《文鉴》、《文类》诸书，踵其遗规，皆能会萃一朝之文章而传之，其功亦匪浅矣。金源有中国，代历十纪。大定、明昌之间，人文蔚起，制作炳然。而元明来未有裒集其文者。不第完颜氏一朝著述，无以继宋开元，且使中州人文，中绝百有余年，诚艺林中一缺事也。

张子月霄，慨焉矢志，为之网罗放佚，掇拾遗残，自滹南、滏水、遗山数专集外，凡史书传记、山经地志，暨南宋元初诸名家文集，金石之记，断蚀之刻，下逮医方谱录，杂家小说，旁及二氏之藏，外国之书，苟有残篇剩简，无不广搜博采，多金购访。自癸酉迄壬午，积十年之勤，稿凡三易，勒成《金文最》一百卷。其用心可谓专且挚矣。犹忆己卯夏，偕访知不足斋鲍氏，借读《图书集成》赐书，馆于乌镇之南宫道院，日分阅数百巨册，时新暑乍来，挥汗成雨，迨莫，余倦而息矣，月霄则燃烛煌煌，蚊虻四集，漏再下不辍。每得金人文一篇，辄狂喜叫绝。其嗜好之癖有如此。

平居键户，未尝出门，一闻有未见书，即欣然命驾。先是，春间入山，住清凉寺，读释藏数日。自雪溪归，又偕何君梦华往金陵，读朝天宫道藏。炎蒸暑暍，往返经月，不恤也。方纂辑之始，议论繁兴，大抵谓金之立国，宋、元人既与为仇，明又视同秦、越，其文一任其散佚，绝不收拾。当时如蔡氏珪、王氏庭筠、党氏怀英，皆一代作手，其集皆已亡灭无存，即有一二遗文，何从缀辑？生六七百年后，前无所承，后无所藉，茫无涯涘，而欲以一人之心力，乡邑之见闻，旁搜而远讨之，不亦难哉！乃岁未逾纪，成此巨编，知天壤间艰巨之任，不朽之业，皆非所难为，古人有志竟成之说，观于君益信。昔郭元釪裒集金诗，人嘉其补一朝之阙，然尚有《中州》、《河汾诸老》二集为之蓝本。此书则创所未有，事虽同功，其勤过于郭氏远矣。允堪追姚氏、吕氏、苏氏三家轨辙，而与之并传无疑也。余老矣，乐观其成，故为之序。道光壬午五月初吉，友人黄廷鉴书。[①]

张茮卿曰：信笔直书，天然去雕饰。而工于营篇修词者，固莫之逮。盖意真者屏连犿，词达者黜神襌也。

【《第六弦溪文钞》卷二】

《金文最》序

陈　澧

昔谭玉生舍人告余，昭文张月霄氏有《金文最》一书，南海伍紫垣方伯得之甚喜，欲刻版而遽没。余属舍人之子叔裕侍读从方伯之子子升比部借观。既而刘星南秀才来，以此书见示，且曰，比部今将付刻，请为序。余阅之数日，叹张氏此书必传于世。得伍氏父子传之，其名亦与张氏俱传矣。张氏为此书劳且久，而后成，其搜罗编次之详审，见其自为序例及阮文达公以下序四首，不必赘论。独慨夫庸俗之书，多为世人所喜。金源一代之文，自一二大手笔外，其余无过而问者。张氏乃致力于此，为世人所不为之书，固难得矣。伍氏父子刻世人所不刻之书，又难得也。余草草阅此，但知其梗概。比部刻成，必

---

① 原本无“道光壬午五月初吉，友人黄廷鉴书”十四字，据江苏书局重刊本《金文最》卷首所载黄氏序文补。

以印本见赠。余虽衰老，尚欲读一过。惜谭舍人已作古人，不得与共欣赏，因作序而三叹也。光绪七年九月，番禺陈澧序。

【《续修四库全书》景印光绪江苏书局重刊本《金文最》卷首】

《金文最》序

谭宗浚

昔刘知几《史通·载文篇》讥世之作史者，连章蔬录，一字无废，非复史书，更成文集。余窃谓不然。夫文章者，所以羽翼史传也。古来史传沿讹，往往藉私集文章为之订正，恶得概指为雕虫小技哉！曩尝读《辽》《金》《元》三史，苦其脱漏舛讹，不一而足，欲取当时诸人著述证其异同，然辽时文字之禁甚严，迄今传作愈稀，无从采摭。元则周南瑞辑之于前，苏天爵编之于后，事迹多磊落可观。惟金源文章未有为之纂辑者。国朝康熙五十年奉旨编定《全金诗》，于是篇什声歌，粲然大备，而文独阙如。闻秀才庄氏芝阶尝辑有《金文雅》十六卷，然篇帙寥寥，未为巨制。信乎拾遗搜坠，尚有待于后人也。

昭文张氏月霄博雅好古，尝辑成《金文最》一百二十卷，阮文达公亟称之。世多以金偏安一隅，又国祚稍促，遂谓其文不及宋元，不知有元一代文章皆自金源启之。无论遗山老人才力沉雄，超出南宋诸公之上，即如赵闲闲、王滹南等，视虞、范辈，何多让焉！至其卷帙繁富，较之姚氏《文粹》、吕氏《文鉴》、苏氏《文类》，几倍之。盖姚氏等意主于论文，故删录必严，鉴裁必审。若张氏则意在备一朝掌故，为他日重修《金史》之资。旨趣既殊，体裁遂别。或有议其蔓衍者，无乃知二五而不知十欤！顾余独疑元修《金史》，经营日久，与《辽史》、《元史》成于仓猝者不同。预纂修者又皆一时硕彦，而卫绍王纪至不能举其事实。又全史所录文字，只有梁襄《谏北幸》一书。今张氏于数百年后，独能掇拾网罗，洪纤毕备。设使欧阳原功、揭傒斯、李好文辈见之，亦当前贤畏后生矣。

张氏自家落后，书籍多散于岭南，是书为伍紫垣方伯购得。先舍人公曾与借钞，并劝付剞劂，方伯亦欣然任之。未几，夷寇陷广州，事遂中辍。今方伯之哲嗣子升比部始勉成先志，付诸梓人。而余亦窃随编订，每检先舍人公晚年所校勘，朱墨烂然，辄抱手泽之感。子升睠怀先德，当亦同此情也。光绪七年秋八月，南海谭宗浚序。

【《续修四库全书》景印光绪江苏书局重刊本《金文最》卷首】

《金文最》跋

黄廷鉴

及门张月霄所辑《金文最》百廿卷，其元书以偿负为郡城某氏取去，副稿百卷，经其从子煦涵补钞成完帙者，今藏罟里瞿氏恬裕斋。鲍子芳谷明于书籍，勤购访，与恬裕斋主人善。假出倩工缮写全部，经岁始完，以书属题。余惟是书剞劂固难，即缮钞亦属不易，甚嘉芳谷之能好事，为此书多一传本也。爰书数语，距作序之年阅十有八载。其中人事变迁，盛衰多故，抚卷不胜慨然。道光庚子十一月长至前三日，七十九叟廷鉴跋。

【《续修四库全书》景印光绪江苏书局重刊本《金文最》卷末】

《金文最》跋

伍绍棠

先荣禄公喜聚书，尝购得昭文张氏月霄所辑《金文最》一百二十卷，拟付剞劂，时谭玉生舍人丈亦赞成之。旋以夷氛多恶，往来迁徙，迄靡定居，事遂中止。越廿余年，棠始募工刻之，既成，爰跋其后曰：

呜呼！夫人肖三才之貌，禀五常之精，咸欲耀声施，垂永誉，藉彼缣竹，留其馥芬。是以扬云草元，冀知音于异世；刘昼著书，夸媲荣于千驷。然究之陵移谷迁，草亡木卒，贞干一去，名字翳如者，可胜道哉！是则搜坠补遗，拾残捃逸，睠兹重责，惟在后贤。窃尝读是书所辑金源一代之文而有感矣。

溯夫渤海龙兴，飙驰电扫，始于收国，以迄海陵。文字甫兴，制科肇举。譬之唐室初定，议礼多藉马周；魏台始营，故事或咨王粲。此一时也。大定、明昌，四方静谧。乘轺之使，酌匹裂而叙欢；射策之英，染缇油而试艺。恺乐娱晏，雍容揄扬，譬之马工枚速，奋飞于孝武之朝；柳雅韩碑，缋藻乎元和之盛。此又一时也。逮乎汴水南迁，边疆日蹙，龙蛇澒洞，豺虎纵横，羁人同楚社之悲，朝士有新亭之泣。譬之杜樊川之慷慨，乃喜谈兵；刘越石之清刚，辄闻伤乱。此又一时也。

惜乎！至大修史，疏略甚多。巨制名篇，并遭刊削；琐闻轶事，曾靡搜访。夫完颜拓宇，虽仅百年，礼乐彬彬，颇称明备。有若王、赵经学，陈、萧史才，韩道昭之通音韵，马定国之明金石，杨云翼掔精史鉴，李屏山晚托楞严。工测算则赵知微，矜储藏则蔡正甫。兀钦葬法，元素医方，并有专书，足资稽考。以至拙轩、竹谿、黄华、遗山诸老，又皆词林之杞梓，艺苑之英韶。乌得云杞宋无征，提齑半佚耶！

张氏此书，博采兼搜，条分胪列，复旁及乎稗官小说、药石吉金、地志舆图、释经道藏，存真别赝，择精语详，如聚碎金，以归炉鞴；如斫翘材，以成宋廇。较之萧《楼》所录、孙《苑》所编，姚《粹》吕《鉴》之作，《搜玉》《题襟》之选，盖用力为独劳，而恰闻为更备矣。

棠学殖久荒，行能无算。曩承先训，拟付琬镌。荏苒时光，又将廿载。所幸崇山坠简，犹得拾于崇贤；冀同汲冢古文，当共珍乎束晰。诚喜之也，诚慰之也。光绪九年癸未二月花朝，南海伍绍棠跋。

【《续修四库全书》景印光绪江苏书局重刊本《金文最》卷末】

《两汉五经博士考》序

黄廷鉴

门人张月霄好古勤述，所辑《续经解》、《金文最》外，有杂著十余种。如《两汉五经博士考》详讨秦火后尊经立学之繇始，尤有功经学。

身没后，遗书湮晦，去冬偶举是书，训其孤英如，应如泫然曰：“《五经博士考》，先人早经缮写，继以事故未雕耳。”余属其勉竟先志。会月霄从兄吟樵闻之，慨然力任剞劂，并商诸小阮煦涵，共襄厥费，遂克付梓。应如请余识其德，以示毋忘。余既幸是书之得流布艺林，又重嘉吟樵煦涵两君之笃本支而敦古谊也，遂叙其缘起如此。道光乙未春正月上元日，拙经叟黄廷鉴书。

【《丛书集成初编》本《两汉五经博士考》卷首】

《两汉五经博士考》序

孙原湘

张君月霄，博学嗜古。于书无所不窥，而又能精思贯串，不为前人所域。一字之疑，必旁引曲证，以求归于是。所著《两汉五经博士考》三卷，首卷载置立博士之始，博士所领之事，前后辟举之法，增益之数，以及历代诏疏，总其纲也。次卷载说经诸家立学之始，著其传也。末卷载建元以前博士，次之以五经博士，终之以诸侯博士，详其人也。其采摭也辩，其考证也晰，其多闻而阙疑也慎。陈子準谓其足补朱氏立学一门之阙，非虚语也。

尝谓自孝武置五经博士，昌明经学。朝廷大议，群臣得援经义以折衷是非。如隽不疑引辄拒蒯聩，以断卫太子之狱。萧望之引士匄不伐丧，以沮匈奴之伐。若此类者，散见各传。是其时犹以经义见诸实用，非徒以虚文崇尚儒术也。光武中兴，分博士二十四员，各席一经。时功臣宿将如邓冯朱贾辈，咸能通习经义。一时朝野向学，郁为风俗。所诵者先王，所传者圣法。暨乎晚季，犹复人识纲常，族敦名节，此又经术之著于实效者也。后世法律繁兴，而经义遂为虚设。学者以经术自娱，于政事风教无与也。夫穷经以致用，致用莫大乎教人取士。是编匪直援引该洽，实两汉教人取士之法在焉。

今天子右文典学，海内握铅怀椠，家自为说者，骎骎乎有两汉之风。则将求所以振经学而淑人才，其必于是乎有取已。道光六年岁在丙戌三月，孙原湘拜序。

【《丛书集成初编》本《两汉五经博士考》卷首】

《两汉五经博士考》序

李兆洛

六经之不亡也，赖有汉儒也。守之如城郭，传之如球图，确然奉一师之说，不敢尺寸出入，岂其人尽愚陋，无开通之识哉！一时君相，为之立学官，置博士，必集老师宿儒，辨难折衷，懂而后定，岂遂无兼收广采，日新月盛之望哉！其为博士者，稽同异，辨然否，国有疑事，掌承问对。驰传巡，省郡国，录冤狱，行风俗，举廉孝，岂朝廷众臣，举不若抱残守缺，槁项黄馘之徒哉！其务之也专，故其植之也固；其别之也严，故其持之也定；其求之也以实，故其应之也不以文。假令汉初之儒，各以意说，好异喜新，以浮辞相尚，则六经之文，改窜尽矣。经生之业，败裂尽矣。岂复有咫闻寸义，得存于今者哉！

今夫土鼓之为云门也，椎轮之为大辂也，圣人为之也。席地之为几案也，鼎俎之为盘碗也，圣人复起，亦无以易焉者也。是即人心之儇利，习尚之刓巧，转移乎气运，而不能自反者也。而遂谓古圣之制作不逮后人，可乎不可也？学非四教，人非十哲，动辄诋汉儒，以为概未闻道，其亦弗思尔矣。且夫汉学之可考见于今者，公羊氏而止矣。毛公之诗，节目不备。其余众家，或掇拾于煨烬之中，章驳句脱，大义了不可知。今之所谓汉学者，独奉一康成氏焉耳，而不知康成氏者，汉学之大贼也。西汉经师，大抵各为一说，不能相通。就其不相通，而各适于道也。此正圣人微言大义，殊途同归之所存也。康成兼治众家，而必求通之，于是望文穿凿，惟凭私臆，以为两全，徒成两败。此正徐防所谓轻侮道术者也。孟喜改师法，文帝摈之；赵宾巧慧，诸儒不仞。使康成生西京之世，其谁能容之？惜哉，汉学亡而所存者，独一不守家法之康成也。

月霄张君述两汉诸经立学之始末，博士设官置员之沿革，及其人姓名之著见于载籍者，汇而录之，为《两汉五经博士考》。非以示搜采之富而已，当时致严致慎之意，浸衰浸微之故，盖略具于是焉。嗟乎！昔之时，一人不能独尽一经；今之时，以一人独治六经而有余。昔之时立一家之学，至各相雠难不能相容；今之时说经之书，略有可采，列之四库，黄金白镪，冶为一炉，惟所取之。穷檐委巷，弦歌相闻，莫不诵法孔子。一命之士，迄于卿相，无不以通经起家者。其视汉初郁滞堙绝，求一方正博学之士，若不可得者，其于经术果何如哉！此予三复月霄之书，而不禁喟然兴叹者也。道光六年秋七月，武进李兆洛序。

【《丛书集成初编》本《两汉五经博士考》卷首】

征刻《诒经堂续经解》启

孙原湘

通志堂之刻，集学海之大成，为经库之总汇。收摭津逮，厥功巨矣。顾天口圣译，代启新机。戏繇姬经，不绝家法。兰台秘写，绨袠珍储。艺林莫窥，流播终阙。张君月霄，猎楹壁之遗，鸠箱轸之积，施架排次，钩心校雠。得人间稀有之本七十五种，为卷乙千四百有奇，古人之菁英聚焉，微学之津梁系矣。不以诊痴，许窥秘奥。其中如仁山《尚书注》，定"许"为"卤"，训"卞"为"礼"。季友《蔡傅音释》系"艰"于"播"，释"要"作"拘"。皆能自出新意，不囿陈说。至如《信安诗说》以《卷耳》为太姒伤羑里之难，以《蒹葭》为秦襄卑洛邑之迁，以《正月》为国人忧篡携之乱，以《绸缪》为曲沃兆分晋之机，尤能目炬千秋，心抒独断。间有穿凿，可备参稽。若夫杨氏《春秋谷梁疏》，零巩断璧，久与贾氏《仪礼疏》，并为世所珐贵。张洽《春秋集传》、王元杰《春秋谳义》，谨案《钦定四库全书总目》一称遗佚已久，一称脱补无从。今俱抄自原锓，灿如完璧。洵可称墨庄之秘笈，策府之殊珍已。惟縢袟既繁，剞劂甚巨，月霄志公同好，力绌独擎，将永汗竹之传，必藉布金之助。昆吾之镠晨集，语儿之木夕刊。用告儒林，蕲襄盛举。上佐圣朝之崇学，下踵东海之传经。庶几秘发嫏嬛，六际咸游乎渊海；道垂蠹籥，百家尽献其奎琛。

【《天真阁集》卷五十二】

《爱日精庐藏书志》序

黄廷鉴

吾邑自明五川杨氏以藏书闻于时，厥后秦酉岩、赵清常辈继起，皆以购访古籍为事。至绛云而集其成。其储藏之富，雠勘之精，称雄海内。迨劫烧之后，尚有汲古毛氏、述古钱氏两家鼎峙。羽翼之者，有叶石君、冯巳仓、陆敕先诸君子，互相搜访，有亡通假。故当时数储藏家者，莫不以海虞为称首。迨两家陵替，诸书散佚，吾邑藏书之风浸微，然亦未尝绝也。以余所闻，如玉照席氏、庆曾孙氏、虞岩鱼氏，皆斤斤以雪抄露校，衍其一脉。惟多留心于说部小集，以一二零编自喜，而于经史之大者转略焉。今得月霄张子，而曩日之风复振，骎骎乎轶两家而上之矣。

月霄少孤嗜学，甫成童时，其季父照旷主人刊《太平御览》诸书，即与校雠。少长，益耽缃素。十年来，小大汇收，今古并蓄，而以宋、元以上人撰述有裨经史者为之主。闻有古刻旧抄，不惜多金购访。或缮抄秘阁，或假录相知，汇前后所得，合之先人旧藏，已有八万余卷，可谓盛矣。又念唐、宋、元、明四朝文章，皆有总集，惟金源氏有中国百十余年，大定、明昌之间，制作之家，乘时蔚起。自元、明以来，未有裒集其文者，遂矢志网罗散佚，以补一朝之阙。故于金、元两代遗集，更加意搜访。中如王朋寿之《类林》，孔元措之《祖庭广记》，蔡松年之《明秀集注》，与吴宏道之《中州启札》，皆当世绝无仅有之书，尤艺林所欲争先快睹者。非好信之诚，不能至是。今夏曝书之暇，取凡宋、元旧刻，暨新旧抄帙罕见之本，凡三百八十种，计一万二千卷。一切卮言小说，不与其数，庋架别阁，写为《藏书志》四卷。其传本久绝，佚而复出者，仿公武、直斋之例，略为解题。意在存佚继绝，初不欲示人也。余笑谓之曰："自来诸家书目，每自私其有，惟恐人知。如《读书敏求记》，至胠箧而得，传为佳话。君之此编，曷不公之于人，俾当世读书好古之士，相与录副流传，一破文人结习，孰与抱残守阙，徒秘诸箧中之为得耶？"月霄欿然，因力纵臾之。时方排印《续通鉴长编》，遂辍其暇从事焉。工竣，为弁数语于首云。嘉庆庚辰六月初伏日。

【《第六弦溪文钞》卷二】

张月霄书目序丁亥七月

顾广圻

书之难聚而易散，自古云然矣。以予目验，前者先从兄抱冲小读书堆、我友袁寿皆五砚楼，秘籍不少，方欲一传而片纸不能守。滋兰堂主人朱文游，晚失厥嗣，手斥万签，较贩鬻家，一出一入，诡得诡失，遂觉同归于尽。后者有常熟陈子準、张月霄二君，于书好同，聚同，能读同，十年以来，名在人口。予频岁出游，不及与之赏奇析疑，而偻指识面，所以深期之者未有艾。日月几何，闻子準夭无子，半生心血所收，徒供族人一卖。月霄家落，责负者倾囊倒箧，捆载以去，于是属望之素，方且为之嗒然矣。忽一日，月霄迹予于里中，出巨册盈尺置几上，谓曰："此所刻《书目》《续目》也，刻才成而书散。书散可惜，刻成可喜，愿为我序之。"予曰"唯唯"。今夫书之有目，其途每殊。凡流传共见者固无待论，若夫月霄之目，乃非犹夫人之目也。观其某书必列某本旧新之优劣、钞刻之异同，展卷具在，若指诸掌，其开聚书之门径也欤？备载各家之序跋，原委粲然，复略叙校雠、考证、训诂、簿录、汇萃之所得，各发解题，其标读书之脉络也欤？世之欲藏书、读书者，苟循是而求焉，不事半功倍欤？然则此一目也，岂非插架所不可无，而予乐为之序者哉！

予又念抱冲之存，尝为读书志，裴回矜慎，汔未具藁，予拟撷所见诸藏书家菁华，汇著一录，而亦牵率以老，有愿莫酬，以视月霄之汗青告成，才何其敏，力何其勤，殆弗可及也已。设使书于月霄不限之以散，而进之以聚，或五六年，或四三年，必再续不？一续，不尽泄天地间之秘不止，而岂唯是四十卷哉！此予所以为月霄序，而含豪掩卷，重为之三叹也夫。道光七年岁在丁亥秋九月，元和顾千里撰于邗江寓次。①

【清光绪本《思适斋集》卷十二】

《爱日精庐藏书志》四十卷

耿文光

国朝张金吾撰。原本。嘉庆庚辰年刊。前有黄氏廷鉴序。金吾字慎旃，别字月霄，常熟人。为考据学，尝从季父海鹏校刊《御览》诸书。廿二，补博士弟子员，省试不售，即弃去。与同里陈揆购访古籍，欲以著述名。尝谓金源氏一朝著作散佚，讨论史传，网罗图经、碑刻，殚十二年之力，成《金文最》百廿卷。因《通志堂经解》于宋元经说放失尚多，出其家藏秘帙，复传抄文澜阁本，得八十余种，写定《诒经堂续经解》千四百三十六卷。自是先儒说经之书，汇萃无遗矣。月霄不善治生，家中落，书目成而书皆散佚，说者谓干造物之忌云。此志取宋元椠本暨新旧钞之为世罕见者，详载镂版时代、校藏姓氏，备录序跋，以著一书原委。较孙氏《平津馆藏书记》详核多矣。当时行本甚少，近称难得，因详著之。

【《万卷精华楼藏书记》卷七十一】

---

① “道光七年”以下文字原本无，据《爱日精庐藏书志》卷首补。

《爱日精庐藏书志》三十六卷《续志》四卷

耿文光

国朝张金吾撰。灵芬阁本。光绪十三年吴县徐氏用集字板校印。前有道光丁亥顾千里序，道光丙戌张金吾自跋，又嘉庆庚辰金吾自序、例言八条、目录一篇。此志经、史两门所录较备。别集为古人精神所寄，其卓然可传者兼收并采，不名一格。其余九流小说以及二氏之书，择其稍古近理者，略存数种，以备一家，不以为重也。其解题仿晁、陈两家之例，以识流别；其收采序跋，仿马氏《通考》之例，皆录于钞帙。断自元止，其见于刻本者不录，是可贵也。其体先标书名卷数，旁注某本，次某代某人撰，次录序跋。其解题在序跋之前，或有或无，所解甚少。其不录序者于撰人次行标某人序、某人跋。或图、或纲领、或进呈札，皆另行分题，亦甚豁目。故陆氏《藏书志》即依此例也。

【《万卷精华楼藏书记》卷七十一】

《爱日精庐藏书志》四卷

［日］长泽规矩也

清张金吾。

嘉庆庚辰（二十五年）黄廷鉴序；同年自序。

自序称，“金吾年二十，始有志藏弆[弆]。更十年，合旧藏新得以卷计者，不下八万。今夏略加诠次，为目录一十卷。继又择传本较稀、及宋元明初旧刊暨传抄文澜阁本，另为一编，凡万两千卷。非有裨学问、籍资考镜者不与焉。若有明及时贤著述，时代既近，搜罗较易，故亦从略”云云。所谓“凡万二千卷”者，相当于以活字印行之通行本四卷本，记书名、卷数、版本亦如通行本，也未区别卷头原有之字和便宜加入之字。此外，又未录序跋。尽管如此，注记有因其书而得益处，可资参考。此书传本甚稀，吾得之于厂肆而收入静嘉堂。值仅大洋三元。张金吾，字慎旃，别字月霄，江苏昭文人。道光九年殁，年四十三。藏书早已散佚。

嘉庆中木活字本（静）。

【长泽规矩也《中国版本目录学书籍解题》】

《爱日精庐藏书志》三十六卷《续志》四卷

［日］长泽规矩也

清张金吾。

道光七年顾千里序；道光丙戌（六年）自序；嘉庆庚辰（二十五年）旧自序；例言。

系增补前目者，未满十年而由四卷增至四十卷，搜书之力，可想而知。皆注版本，除解题外，全录未见于诸家文集、《经义考》、《小学考》、《全唐文》原书之元以前序跋、名人识语，开以后藏书志之例。著录以宋元人之作为主，明人著作之明刊本，清人著作之清写本也稍有著录。分类据《四库》，缺史、时令、农家，词曲改为乐府。

清道光中昭文张氏刊本。

清光绪十三年吴县徐氏灵芬阁木活字印本。

【长泽规矩也《中国版本目录学书籍解题》】

《言旧录》序

季景和

予年十八，于归君家，闺房静好，无日不以学问相砥砺，盖二十年如一日也。今冬，君自述三十九年事略，为《言旧录》一卷。半生事实，历历在目。读者亦可得君之平生矣。君以知君者莫如予，属题其端。

君旁搜远绍，著述等身，知君者类能言之，予不敢赘。请以一言箴君之失，可乎？君好名也，君不好一时之名，而好没世之名也。间尝评君曰:“以君之才,济之以好学,而学问不日益进者,好名之一念杂之也。夫名者实之宾,实至则名归。不务实而先求名,此君之失也。”又尝语君曰:“君以先舅善《礼记》,于诸经中尤究心焉。则当熟读注疏及卫氏所集一百四十四家之说,专精覃思,毋旁骛,毋外慕,积毕世之功,成专门之学,庶几必传于后无疑。不务出此,而泛滥六籍,此又君之失也。”又尝语君曰:“立言称三不朽。然非实有不可磨灭者,其书亦不必尽传。君好纂述,不力求其不可磨灭者,而贪多务得,且以传不传为有幸有不幸,此又君之失也。”是三说者,闺中清暇,尝以之规君。君虽不能从予,终不敢不言也。

抑予又尝语君曰:“君编《金文最》一百二十卷,采摭广矣,用力勤矣。君每以自负,谓可传者在是。予窃为君不取也。以二十年之岁月,苟潜心学问,实事求是,以蕲至于古之所谓立言者,所造岂可量欤!荟萃之学,无与身心。金文即传后人,亦何由觇君学问哉?”君亦无以应也。君勉之哉!人生有几,岁月易逝。继自今当求我之可传,不必求依附古人以传也。

予不文,谨以素所语君者,次第其言以为之序。道光乙酉季冬十有六日,室季景和序。

【《嘉业堂丛书》本《言旧录》卷首】

《言旧录》跋

刘承幹

《言旧录》一卷,张金吾月霄撰。金吾小字五十,常熟人。诸生。此录即自编年谱,命之曰《言旧》,谦词也。月霄工文博学,富于收藏。所著有《尚书义释》十二卷、《广释名》二卷、《切韵指掌图音释义》一卷、《十七史经说》、《两京新记补遗》一卷、《西汉五经博士考》一卷、《风俗通姓氏编》一卷、《爱日精庐藏书志》二十六卷《续志》四卷、《骰骱质疑》二卷、《丝缀积闻》四卷、《释龟》二卷、《文集》二卷、《金文最》

一百二十卷。有传有不传。三十九岁时为此录，其夫人季景和序之。四十一岁而夫人先卒，记至四十二岁而止。次年而月霄亦逝矣。月霄屡试不售，家道中落，古书不保，嘉耦云亡。一身百忧，何能堪此。溘然朝露，理亦宜然。录中载文数篇，皆极用意之作。此录只有钞本，为刊传之。附录黄琴六撰传一篇。月霄于藏书家最负盛名，亦可知其大概矣。癸丑十二月，吴兴刘承幹跋。

【《嘉业堂丛书》本《言旧录》卷末】

附录四　张金吾著述编纂总目

《骰骱质疑》二卷，未刊。

《爱日精庐诗稿》二卷，未刊。

《丝缀积闻》四卷，未刊。王氏学礼斋钞稿本。

《切韵指掌图音释》一卷，《墨海金壶》本。

《双声表》，据《言旧录》。具体不详。

《广释名》二卷，《知不足斋丛书》本。

《白虎通注》，据《言旧录》。具体不详。

《两京新记补遗》一卷，《佚存丛书》本。

《风俗通姓氏篇》一卷，未刊。

《爱日精庐藏书志》四卷，张金吾爱日精庐刻本。

《释龟》二卷，未刊。王氏学礼斋钞稿本。

《爱日精庐藏书志》三十六卷《续藏书志》四卷，张金吾爱日精庐刻本，清光绪十三年(1887)吴县灵芬阁徐氏木活字合刊本。

《十七史经说》(又名《十七史引经考》)十二卷，未刊。

《两汉五经博士考》三卷，《后知不足斋丛书》本。

《爱日精庐文稿》六卷，未刊。

《言旧录》，《嘉业堂丛书》本，《北京图书馆藏珍本年谱丛刊》据《嘉业堂丛书》影印本。

《张氏文集》二卷，未刊。

《金文最》一百二十卷，清光绪八年(1882)粤雅堂刊本，清光绪二十一年(1895)苏州书局重刊本，中华书局 1990 年据粤雅堂刊本为底本之校勘排印本。

《尚书义粹》十二卷，未刊。

《郕中记补遗》一卷，未刊。

《诒经堂续经解》一千四百三十六卷附《通志堂经解补阙》一卷，未刊。

《金文选》三十卷，未刊。

参考文献

《北山小集》，宋程俱撰。《四部丛刊续编》本。

《明张端岩公(文麟)年谱》，明张文麟撰。台湾商务印书馆《新编中国名人年谱集成》1978年影印清张海鹏嘉庆间校刊本。

《读书敏求记》，清钱曾撰，丁瑜校点。书目文献出版社1983年版。

《爱日精庐文稿》，张金吾撰。《上海图书馆未刊古籍稿本》第50册。

《两汉五经博士考》，张金吾撰。《丛书集成初编》据《后知不足斋丛书》排印本，商务印书馆1937年版。

《爱日精庐藏书志》《续藏书志》，张金吾撰。《续修四库全书》影印清光绪十三年(1887)吴县灵芬阁徐氏校印本。

《广释名》，张金吾撰。《续修四库全书》影印清嘉庆二十一年(1816)爱日精庐刻本。

《广释名》，张金吾撰。《知不足斋丛书》本。

《广释名》，张金吾撰。《粤雅堂丛书三编》本。

《金文最》，张金吾纂。清光绪八年(1882)粤雅堂刊本。

《金文最》，张金吾纂。清光绪二十一年(1895)苏州书局重刊本。

《言旧录》，张金吾撰。《嘉业堂丛书》民国二年(1913)刊本。

《第六弦溪文钞》，清黄廷鉴撰。清光绪刻《后知不足斋丛书》本。

《稽瑞楼文草》，陈揆撰。民国九年(1920)江阴缪氏刊《烟画东堂小品》本。

《天真阁集》，清孙原湘撰。《续修四库全书》影印清嘉庆五年

(1800)增修本。

《士礼居藏书题跋记》，清黄丕烈撰，清潘祖荫辑。清光绪八年(1882)刻本。

《揅经室集》，清阮元撰，邓经元点校。中华书局1993年版。

《养一斋文集》，清李兆洛撰。《续修四库全书》据清道光活字本影印本。

《思适斋集》，清顾广圻撰。清道光己酉(1849)上海徐氏校刻本。

《思适斋书跋》，清顾广圻著，黄明标点。上海古籍出版社2007年版。

《翁同龢集》，清翁同龢著，谢俊美编。中华书局2005年版。

《万卷精华楼藏书记》，清耿文光撰。北京图书馆出版社1997年版。

《越缦堂读书记》，清李慈铭著，由云龙辑。上海书店出版社2000年版。

《藏书纪事诗》，清叶昌炽撰，王欣夫补正，徐鹏辑。上海古籍出版社1989年版。

《餐樱庑随笔》，清况周颐著，张继红点校。山西古籍出版社1995年版。

《郎园山居文录》，叶德辉撰。上海书店《丛书集成续编》第144册据《郎园先生全书》影印本。

《中国地方志集成·江苏府县志辑21·康熙常熟县志》，清高士鸃、杨振藻修，钱陆燦等纂。江苏古籍出版社1991年据清康熙二十六年(1687)刻本影印。

《雍正昭文县志》，清劳必达修、陈祖范纂。清雍正九年(1731)刻本。

《中国地方志集成·江苏府县志辑22·光绪常昭合志稿》，郑钟祥、张瀛修，庞鸿文等纂。凤凰出版社2008年据清光绪三十四年(1908)上海时中书局铅印本影印。

《江浙藏书家史略》,吴晗撰。中华书局 1981 年版。

《中国版本目录学书籍解题》,[日]长泽规矩也编著,梅宪华、郭宝林译。书目文献出版社 1990 年版。